人間詩話

—— 伍德诗选

伍德 著

敦煌文艺出版社

图书在版编目（CIP）数据

人间诗话：伍德诗选 / 伍德著. -- 兰州 ： 敦煌文
艺出版社，2020.10 （2021.8重印）
ISBN 978-7-5468-1867-2

Ⅰ．①人… Ⅱ．①伍… Ⅲ．①诗集－中国－当代
Ⅳ．①I227

中国版本图书馆CIP数据核字(2020)第024107号

人间诗话——伍德诗选

伍 德 著

责任编辑：曾 红
装帧设计：方 芳

敦煌文艺出版社出版、发行
地址：（730030）兰州市城关区曹家巷 1 号
0931－8152315（编辑部）
0931－8773112　0931－8120135（发行部）

北京一鑫印务有限责任公司印刷
开本 880 毫米 ×1230 毫米 1/32 印张 9.625 插页 4 字数 220 千
2020 年 10 月第 1 版　2021 年 8 月第 2 次印刷
印数　2 001~4 000 册

ISBN 978-7-5468-1867-2
定价：58.00 元

如发现印装质量问题，影响阅读，请与印刷厂联系调换。

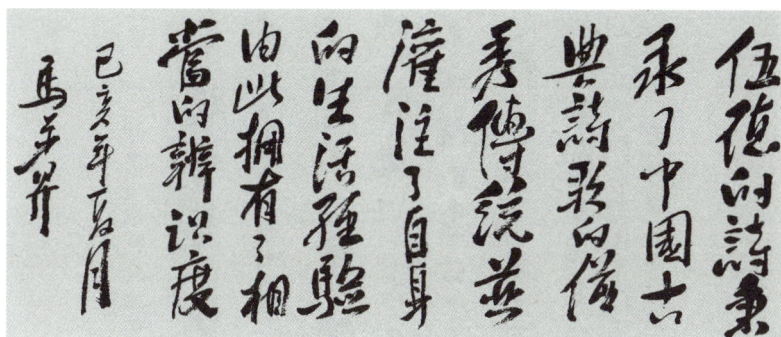

甘肃省社会科学院文化研究所所长、研究员，甘肃省作家协会原主席马步升题词

第十三届全国政协委员、甘肃省作家协会主席叶舟题词

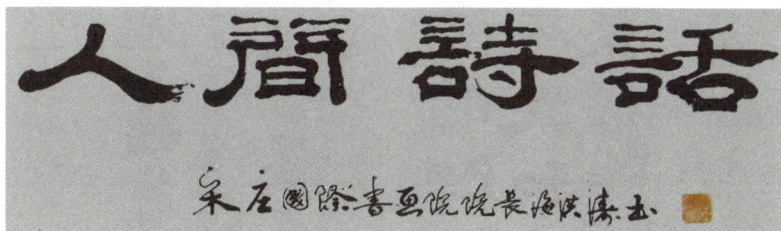

北京宋庄国际书画院院长海洪涛题词

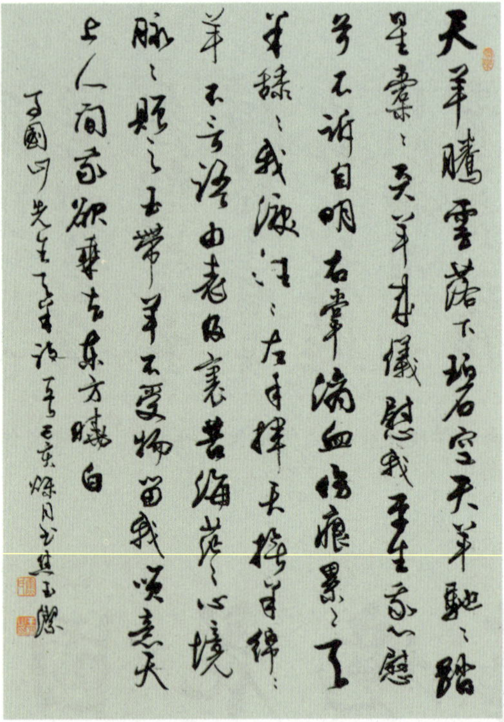

甘肃省人民政府文史研究馆馆员焦玉洁书

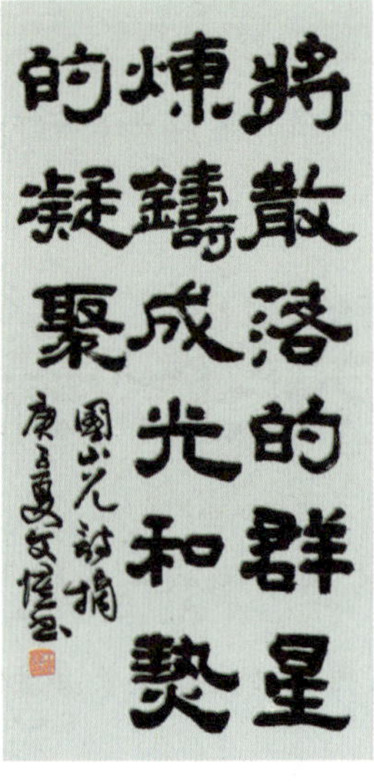

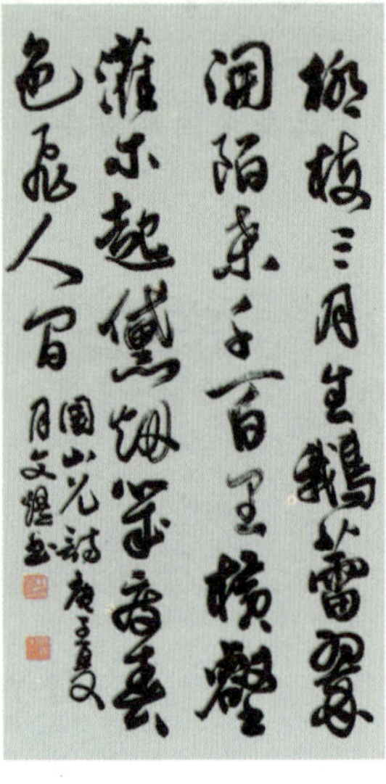

甘肃省书法协会会员王文煜书

目 录

第一辑

月光和我

遐思、寻求人与日月星辰、宇宙、万物之爱的纯洁精神，或许我们的世界并不需要物欲的极度膨胀，缺少的永远是圣洁的童心、童话般的向往和憧憬，让月光和我们一样，渴望一切美好的事物，及至和平、安详。

月光和我

静静的月光
来自迢迢的远方
像天上的白纱
飘扬在我的脚下

洁白是月光的灵魂
明亮是灵魂的闪光
无缝在无漏的银装
无穷在无尽的思量

月华是黄昏的残霞
寂静是夜晚的遐想
宇宙将月光献给大地
就像我的热望

身影铅重了我的飞翔
月光会照透我的肉躯
今夜有慰藉的月亮
我要拥抱——天上的海洋

徜徉在皓皓的月光
宛如穿上柔柔的羽裳
白辉洗净了寰尘
梦魂在月光上游荡

（1983 年 11 月 3 日）

【评语】 20 世纪 80 年代初，19 岁的作者刚从校园步入社会，对生活和未来充满热望和憧憬。这首诗融合中国古典诗词的意境和音律，以优美的夜空和月光为背景，思考生命，感悟人生，放开遐想的翅膀，寻找精神理想状态，想象丰富，比喻贴切，把对人生和生命的渴望表达得淋漓尽致，诗的意境和感染力很强，这也是 80 年代朦胧诗和先锋诗的显著特征。

月朦胧

月儿　似一只神秘的眼儿的呀
今夜儿你偏偏懵懂了
是要装着入眠不认得我么
月儿啊　连你也这般怕得罪
也怕险恶的心肠

在那夜　当人生的脚步忐忑不宁
青春的心在原野上飞驰
分明　你睁着纯净完美的眼睛
看见我们在最初的道路上迈开
　　步伐
那晚的月光就是我们的桥梁

今夜绚丽的群星无论怎样迷惑我
那飘渺的流云缱绻我爱抚我
我再也不受你甜美的贿赂——
命运已告诉我
乌鸦唱不出夜莺的歌

(1986 年 1 月)

【评语】 这首诗写对"月"的怪怨，认为今夜的"月"的朦胧是故意的、胆怯的、遮掩的，不让人看清楚事物的本质，是有意困扰"我"人生的脚步的，用"分明"证实人生的忐忑和青春的飞驰。最后，得出"乌鸦唱不出夜莺的歌"。

那里有一盏灯火

那里有一盏灯火
在黑夜摸索的时候
蓦然发现远处有一点星光
透过薄薄的雾
穿过迷乱的云
不知是家灯还是野火
更不知是路灯和渔火
它是那么弱小和微不足道
可那光明

印在了我额上的丹田
顺着血管的航行
一直走到了心中
照亮了我的黑夜
我已觉得不再孤独
不再感到无援和无助
哪怕那仅仅是一盏残灯
哪怕它仅仅是一点星火

(1986 年 2 月)

月亮与人

浑圆时　抑制不住的寻思
跑到你残缺的年轮

久别后回渡我的窗棂
房间里我在游历岁月

静止的你　一旦划动往事的沉船
记忆拉纤不放　你却变幻不停

满天的银光　洒满　森林　湖泊
我看不清完整的你

低头不去思故乡
却见月光已涌满了心房

(1990 年 6 月 27 日)

【评语】 写月亮的诗自古以来无数，怎样写出新意是关键。艺术贵创新，这首诗作者写月亮，他不从月亮的本身去写，而是试图通过剖析月亮与人的关系、与世界的关系，挖掘"月亮"这个千古话题对当下、眼前的实际意义。从浑圆时看到残缺，联系到年轮和岁月，在异乡的大地上仰望明月，那个"你"既是明月，又是故乡，运用比兴的手法，含蓄朦胧，给人以无限遐想。

松柏树下我遇见两位下棋的长者
打断了对弈人的梦境
就对自己说
李白找不到今夜的月亮
屈原梦不到今夜的月亮
而宇宙的语言
藏进他们的千古绝唱中了

（1990 年 8 月 6 日）

月亮河

时间的轮子给我的心腑
置上一轮满盈的月亮
九月的桂树都始于心头
望月只是重复以前的习惯
想把以往的月亮留下来
当做孤独时照照自己的镜子
所有的话语都咽在喉头
牵手只会抓住身旁冰凉的风浪
现在的月亮和过去的不一样
过去的月亮是银做的不怕打碎
现在的月亮是水做的就怕碰伤
过去是人在望月
现在是月亮在看人
过去的人在追寻月亮
现在是月亮在寻觅人
过去的月亮由两个人看

今晚的月亮

流光的星辰布满天际
像古时一位苍桑的老者
挥手撒落土地的谷粒
月亮　高高飘游在东边的黄山
伸长瘦瘦的脖子
去看时光金樽的杯底
月光集聚的河在他们身边流淌
回头我看看时光流逝的背面
谷物们快速生长
从谷粒入土到秸秆成熟只是一瞬
我惊叹天上的神奇

现在的月亮一只眼睛盯着我
另一只眼睛寻找你——
过去我们在河水中发现了月亮
现在月亮在银河中寻找我们

（1990 年 9 月 28 日）

【评语】 望月已成习惯，而现在的、过去的月亮，犹如时光荏苒中的大变化，隐藏着望月亮的人，或是睹月思人、或是月亮在寻找现在的望月人，两个人是谁，一个去了哪里，一个又在何方，将月亮拟人化，一只眼睛在寻寻觅觅，孤独和冷静中，恍然如悟，如今连月亮也在寻找我们的足迹，而我们或许就在月亮河中。

静　夜

树叶隔开月亮和我的房子
使我对于月光只能遐想
朋友们一次次的离别
已经使我想起月光
就感到一片白色的海洋
夜从紧闭的门窗涌进来
从遥远的黑暗那里

来召唤和引诱我的安静
月光是模糊的风
游离我高高的窗棂
夜突兀　我的孤独像河水亮出石头
我的孤独　像潜入低洼里的龙
在深夜中想到了天空或大海
是一件肝胆撕痛的事
静　已使我惯于听生命渐去的潮
或许雷的爆炸
就在天空深处逡巡
静的夜　最能听清楚风啸
人类的一些耳病也能医治
在月光和树叶之间
世界的方向
从混浊中开始离析

（1990 年 12 月）

【评语】 古人曰"心定龙入海，情忘虎归山"，也有"静心参造化，一窍透玄机"之说。诗人试图从"静"的状态中，分崩离析出"最清楚"的"风啸"，犹如《庄子》中的禅意，从静止状态中的眼前实有的物质中寻找、发现"世界的方向"。

记　忆

明月当空
做我圆圆的桨
划动我的石舫
荡在浪花之上
时光催促我入梦乡
我却打开了记忆的衣裳
梦　去了哪儿
星星背后
谁在叫我的名字
越是寻想　越是浑浊
忘掉记忆之后
往事的面孔向我游来
不用撒网
不用捕捉
静静地划动圆圆的桨
将我的记忆荡在月光上
一桨一桨
汩汩汩汩

（1991 年 2 月）

乡　月

一轮皓放的明月
照彻深深的山谷
村庄湮没在阴影
洁净的空气
尘埃落定之后
万物恢复了最初的宁静
村前村后还飘散
梨花的余香
雨后采蘑菇的女人
已进入带着雨腥的梦乡
苜蓿地里浓绿如烟
山谷里的鸟
都有自己的歌
惟独没有唱出的歌喉
犹如挂满枝头
青青的稚果

（1994 年 6 月）

【评语】　或许这个乡下之月又使诗人验证了另外一种精神纯美的境界。尘埃落定，万物恢复了最初的宁静，诗人并不排除梨花的余香、雨后采蘑菇的女人，并不忽略人的存在，甚至闻到梨花的味道香，反而衬托出万物的和谐之美。揭示出再美的风景没有人也失去意义，再荒凉的景地，也会因人的存在而美丽。

今夜星光灿烂

——献给往事

不知道那些竹笋般
成长的光阴里
生命叫什么名字
只是到后来才懂得
应该把锈着翠绿色的时光
收藏进生命的书匣里
在那些阳光似的年代里
有过好多的珍惜
错过好多的脚步
往事就成了
一笔丰厚的财富
够我享用此生
我把一些记忆串起来
挂在生命之树的枝杈上
风　识得我的名字
夜　走进我的心里
我用诗记录灵魂
又用灵魂去解剖
以诗作证
让灵魂说话
一切旧了的和新的
幸福和不幸
最终都交给过去
把自己交给过去的时候
才知道——今夜星光灿烂
所以我的眼里

有闪烁不定的光泽
永恒的空间
将从这里出发

（1994 年 7 月 20 日）

乡村之月

村庄
被纯净的光芒洗白
飘浮的云烟
安详的村庄
神圣的殿堂
智者留下了
心灵的甘甜和雨露
带走了困惑和迷惘
月光
托起一面巨大的风帆
在西北的天空下漂泊
将灵魂们收敛进幽蓝碧空
树阴消失了
漂白了鸟的翅膀
月光的脚印漫步田园地壑
流过树木泥土流过心房肺腑
乳汁沐浴万物
万物滋润生长
月光粘住星星
星粒闪闪　映满天方

以至完美智慧的光芒
月是一种理想的状态
给人间以启示
给宇宙启迪航向

(1996 年 2 月)

【评语】 诗人伍德再度笔触乡村之月，而此时的乡村和明月已成了一种理想的状态，从"见山是山"已上升到"见山不是山"的诗境之中。光芒已洗白了村庄，从困惑和迷惘走出，得到了智者的甘甜和雨露，以至于看到了完美智慧的光芒。或许这才是作者寻找村庄和月亮的最终目标。

寻梦无渡

寻梦无渡
更堪千山万壑
烟波横贯
独把夕阳看
浪痕滔天
怡红园
潇湘馆
琴台灰满

雁已去
再无来
何处觅
无渡　无渡
银河浩瀚
繁星闪闪

(1996 年 8 月 16 日)

【评语】 伍德从中国古典诗词中汲取了丰厚的诗词营养，成为他的诗歌中一大艺术特征。正如他自己所言——中国的古诗词流传千古，思想情感容量和艺术表达精湛几乎达到巅峰，自己曾一度日日背《唐诗三百首》，夜夜诵《千家诗》，读《诗词格律》成了生活的一部分。这首诗正是用词的表达方式对寻梦的一种探求。

五更月

月亮　憔悴了
还有潮汐潮落的盈亏
花　憔悴了
还有野火吹又生的春风
大地　憔悴了
还有雨露的浸润

而我憔悴了
谁把那最后的圣水
一遍遍洒在我的身上

憔悴　憔悴
不在那腐败的风里
不在那腐烂的泥泠
憔悴洗漓着我验证我
将我熔化进一生
灵与肉的锤炼中

（1996 年 12 月）

【评语】　王国维讲"词以境界为最上。有有我之境，有无我之境""无我之境，人惟于静中得之。有我之境，于由动之静时得之"。作者从腐败的风、腐烂的泥之中的憔悴之月，剖析出月的憔悴是正在经历着灵与肉的历练和磨难，或许正是在洗漓、验证、熔化之中，才形成真正的自己。

红色之月

拉紧
生命的绳索
把死亡之舟
推向大海的深处
生与死
颠簸在浪花之上
夜的天幕
一轮
红色月亮
惊起满天群鸥
它们佩着黑色的羽裳
攥紧一双锋利的爪
灵魂放歌在天国
能愿呕出血浆
不让泪水溅洒胸膛
生命之舟啊——
永恒向前

（1997 年 4 月 22 日）

【评语】　泰戈尔说：生活给之我痛，我却报之以歌。作者写了许多与月亮关联的诗，而这个月亮却是红色的，不知是风云将月亮的颜色改变了，还是作者的思想和情感发生了质的飞跃，从生与死的险恶中，看到了灼热的希望。

星 宿

日子在转
时光在变
每天人们在运旋
好比坠落天上的漩涡

人们在河里游弋
就如鱼儿在飞翔
不知道天上宫阙
今夕是何年

时光 依然来临
生命劳作耕耘
昨天 卓然而逝
明天 是否有收获之果

双手十指成剑
两脚磨破了茧
恍惚充满
傲慢与偏见

每个星宿的背面
有一盏灿烂的明灯
每一个人的背后
都有一匹黑色的影子

深夜里
忧伤的眼神

已把泪水揉碎
撒向天空化作满天繁星

浩瀚星河
无始无终
唯有 那个光亮
在银河里安抚永恒

望月长城

1.

碧天 长河 沙漠
西风 残阳 大雁
时光倒流边关 云卷云舒
望断南飞的雁
从东边 山海关
到西边嘉峪关城楼
长城 长城
青砖夯土 苍茫深远

2.

遥看八达岭 南疆北望
秦时明月 汉时关
城垛 古堡 誓言
白云 明月 心田
未饮 未饮
倒眠夜光杯
醉了葡萄 试问青天

明月几时还

欲问卷帘人　却说

海棠花红

3.

敦煌　敦煌

戳破了历史的风尘

沉积　沉积

汉吴魏晋

那位执笔的画工

今夜安在

在石洞上　看见

飞天琵琶的梦境

谁是那块海枯石烂的石头

4.

风蚀残堡

大漠沙如舟

起舞弄清影

相思瘦若月牙泉

永不干涸

今夜我是北国的一豌红豆

知否　知否

莫道绿肥红瘦

5.

戈壁　风沙

驼铃　净天

明月如钩

谁在千年的石壁上

反弹琵琶　天花散漫

般若诵经人的灯烛

从眼神里穿越千年的梦乡

丝的路　花的雨

谁解偈语上的菩提

坐空蒲团上的禅子

6.

不问青天

明月终须有

在城楼上　在今夜

在此时　在刹那

莫说　杨柳岸晓风残月

只争朝夕

终会遇见

万里长城上

你的净言

第二辑

世上的风

　　世上有各式各样、形形色色的风，从远古的石器、瓦罐到历史的延绵、发展，风是世上的眼睛，也是时光的见证，蕴含了万物的生长、繁衍、变化和生生不息。

四月二十七日

世界湮入浩瀚的沙海，
大漠风吹断黄土高原，
吞噬了天际，连同太阳、星辰。
看啊，一切昏沉了，可恶的，
沙风如尘，城市海市蜃楼般消失，
尘烟掩盖了人们的眼睛，
只留下一个黄雾蒙蔽的世界。
没有一声鸟鸣不见一枝花朵，
尽力放远眺望，看吧——
黄尘要占领这个世界。
哲学家在想：人类不能因此而
　　绝望
宗教家在想：世界的末日比这
　　更糟
而诗人狂傲地说：
惟有热爱生命的心灵无所畏惧。

（1983 年 4 月 27 日）

风

"孩子
你寻找什么？"

这个时代的月亮
向我问话

"脚印
过去的影子"

一阵风吹来
吹过留在头发上的月影

"孩子
跟随风去寻找吧"

我疑问的眸子
眨起长长的睫毛

"风，走遍了世界
它没留下脚印"

空间里有柔曼的月光
我追赶那光亮的一念

"孩子
你为什么眼里含着泪花？"

"我在寻找一枚永不腐烂的种子
耕耘在以往光阴的腹野上"

（1985 年 11 月 27 日）

【评语】 "童心纯真,童言无忌",这首诗以童话般的一问一答对话开始,以"风"为题,时而与明月对话,时而与时光对言,将人生、生命、价值的思考归结于对"时代风"的把握和追逐,表达了诗人追求美好理想的志向和愿望。深含哲理,启迪思想,令人鼓舞。

宇宙之花

1.

恐慌中失落的
感觉
蘑菇云
昂首在高空
原野上
雀儿在林梢
太阳携着黄土中的风
从摄影机镜头
掠过
宇宙飞船
向时间隧道
飞去了

2.

寒碧
裂缝如丝
横过
无限
落英纷纷
秋蝉呜呜
菩提树下
一轮
冉冉升起的
太阳

(1986 年 11 月)

冬之鸟

1.

假如我做了那只鸟
就在荒无人烟的境地
衔着一枝冬之花
在心巢筑建安乐

2.

星星繁衍了星星
宇宙从来没有方位
一代人的飞翔
从古到今

太阳还年轻

3.
在你走后
冬天
忘了寒冷
那朵花
也忘了开放

（1988 年 1 月 22 日）

【评语】 时空感是诗人具有的特殊灵感，也是其写作艺术特色。从假如自己是冬天的那只鸟，又衔着冬之花去建筑心灵的巢穴，想象到"一代人"的梦想，还是充满希望。第三节又笔锋一转，在写"你"，"你"走后，冬天/忘了寒冷/那朵花/也忘了开放——正如古希腊哲学家柏拉图所言，美的本质在于理念，只有这种理念才是真正的、永恒的美。

鹰

那条河是雪亮的

流浪在记忆之壑的鹰
在那条河的世界
上下求索
一片荒芜的空地
树起了自由之鹰的梦想
依然漂浮在河面
它的眼睛是睁的
注视着僵硬的天空
黑发如一团风里的荷叶
飘扬水波的灵光
鹰死了——
还仰望着天空
而它死了的姿势
比活着更神秘

（1988 年 10 月）

冬之花

1.

渴望和静候
坦诚成一条乡村土路
横过层层的山峁
树根和阵阵清亮的风
挽着手臂
翻山越岭蜿蜒而去
纵然有一天你真的会来到

就把你的脊梁
弯成天边的彩虹
在我的另一个旷野
耸起一座山
远远的与你的明月
对应成两行流泪的清泉
这时我看到
大地上的叶子们
都向秋天发出信笺
随风而去——
尘土会重新飞扬
远远的把我的背影
从你眼际里覆盖
当任何时候回首之时
永别碰它

2.

路上的行人都散了
天上的星星还聚着
地上的石头
发出了绿色的苔藓
风　每大送走我
大地上还有我的风车旋转
路人们都是陌生人
星星们已闭上眼睛
走进遥远的梦境
太阳　每天都来迎接我
每天口袋里装有新的梦想
走在中国的白昼和黑夜

孩子们无忧无虑
跟躲在星星背面捉迷藏
夜里行走的是疲惫的梦境
我也终究成了路上匆匆的过客
星星们都散了
天空里长满了草艾
蟋蟀们高歌
雄鸡无声无息
天上的星星还聚着
路上的行人都散了
孩子们齐声歌唱童谣——
各回各的家
腊月二十八

3.

告别春天已久
惟有以寒冷的温度
鉴别冬与冬的名字
风的流动里才感到风的刀锋
平原上风没有河床
猩红的云
给四周压上彩色的情绪
城市的公交车
超重　压弯了地面
搭错车的孩子
在路边哭泣
此时此刻
高原上的烈日
正晒着牧羊人的胸脯

4.

顾长的树梢伸进今晚的浮云
通过我的窗户看见
城市一片灯的海洋
就把今夜的一切心事
阻隔在城市的水泥墙内
瞧见远处一对青年
人影形成两条树
树与树在什么地方相融
我们不必想得太多
只为两棵相爱的树祝福吧——
让所有的好梦结出美好的果实
而独自一人
面对记忆中的一棵树
沉默成树头飘扬的星光
我正是以这样的诺言回答你
不再辩白　不再倾诉

5.

今晚的时光
分分秒秒都如发出的箭
落向同一个时空的方向
风,张着波浪般的帆
轻轻地依来
像海浪依着岩石
碧波依着木舟
抚摩着时光的沟沟坎坎
轻轻地依来

把头飞扬在我的肩上
时光一刹一刹
在岁月的金弦上跳舞
轻轻地我们托起轻轻的未来之船
放在今晚时光的箭尾
去刻画漫长的岁月

6.

冰川沉寂
梦痕无影无踪
深厚的雪
无缝无漏
天空里清洁
宇宙浸透出青白的底色
在深深的夜里
黑鹰出没天穹
给天空画上了翅膀
黑鹰飞越时空
万籁俱寂
雪海茫茫
冬之花
正锤炼着日月的精华

(1989年11月)

【评语】王国维说:"诗人必
有轻视外物之意, 故能以奴仆
命风月。"作者正是看见物,而
不是轻视物,借物寓意托志。冬

之花很多，而作者借冬之花来揭示某种暗语和比拟，揭示事物的真谛，寓意深长。王阳明说："人须在事上磨，方能立得住；方能静亦定。艰难困苦，正是对心性的最好磨砺。"伍德的诗正是体现这种心性的磨砺和修炼，他的每首诗都是为了这种修持而为。

给　夜

你退却得很远
以致我不知你的方向
你想以浓雾的黑纱
遮住我的眼睛
看不见我的忧伤和欢笑

在深深的夜里
我更看清了你铺开的怀抱
夜　别再抛下我
我已投入了你的骨髓

除了它　还有谁
把我的存在和生命
接受得这样一览无余

我走来的时候
你无影无踪
我仓皇的时候
你却用夜的深沉给我安慰

你是我无遮无掩的夜晚
我是你无怨无悔的星辰

（1989 年 12 月）

【评语】　夜给诗人寄予了无尽的启迪和智慧。伍德一生写作了大量跟夜有关的诗作，而每首诗都挖掘出不同的意境和思想。他注重的不是夜本身，而是对特定的场景和独特感受的抒发，其意义远大于夜的景观和人物。此首诗从"你"与"我"的关联，揭示了夜给人类的启示及人如何通过夜来认识世界和宇宙。正如陶渊明所说："纵浪大化中，不喜亦不惧。应尽便须尽，无复独多虑！"

东南风

——致鲁迅

先生　你安逸么和你的思想
你的脸谱不想把美直现
冷冷地从牙缝里挤出烟丝
飘向永久的天空
记忆将在时光的河面上
侵蚀出黑洞你如洞风
先生　大街上正在出售精神
你拥藏着真实的灵魂
试图以严密的语言对真做出表述
你以冷酷表示对世界的热爱
先生　开张支票变卖理想
在最高大厦旋转的楼顶
给我三色的鸡尾酒
让我走向天上的官邸大殿
去触摸苍郁历史的银河
在那儿　我将彻底地切入
你东南风的航道——

先生　谁给你的茶杯
注入纯净的液体
谁给你的酒盅
斟满烈性的汽水
你冰冷冰冷的表情和你热烈的
　　思想
挂出了从不相信眼泪的眼泪

我悲哀王国的帝王我灵魂的宝剑
业已铸成了千万年的原始状态
让冰凉中的火焰雪中的野火吹
　　呵吹呵
那天性中的自由自在啊
让灵魂奔放　歌唱　挥舞
让战士的碎尸葬在马蹄对大地
　　的交锋
轰鸣的宇宙
我听见发出滋滋的声响
宇宙由此膨胀
万物蒸蒸日上

（1990 年 8 月）

【评语】　鲁迅精神见于三：
"一是其率真性，其二是民族性，
三是觉悟性。"这首诗试与鲁迅
对话，直抒胸臆，畅达思想。

昨天的故事

一段故事刚过之后
我淡忘了自己的角色
守着每天的平淡
从容得记不起当年的誓言

手上的伤疤
已长出新的皮肤
那一割骨的疼痛
由时间抚平

伸出长脖　观望窗外
是否留有一些雪泥鸿爪
而当收回时
就抓来两眼尘霜

（1990 年 8 月 22 日）

【评语】　在诗人的眼里，一切皆可诗。就连"昨天的故事"也可入诗，并不仅仅是为了那些故事本身，而是验证作者始终思考的时光哲学命题。此时的作者已从东北上学毕业，反思人生的历程感慨，不管个人和人类，都应该站在历史、时光、宇宙的角度看待问题，时光会抚平创伤，历史就是昨天和今天的续延，如果忘记昨天就是背叛历史，失去今天历史就此终结。

过去的事

一段段
发生　又结束
抽出的芽
形不成一个完整的故事

等岁月过去已久
一节节
像断裂又聚合的
竹竿

阿婆来家喝茶
在炕头盘脚而坐
说　门前还有去年的树叶
拿把笤帚扫净吧——

（1990 年 9 月）

【评语】　如断开时间的层面，一位无名的婆婆来家喝茶，在作者眼里也与落叶、过去的事、岁月结合，验证看见昨天的落叶，也证实了今天的实有和价值。作者注重和倡导抓住眼前，珍惜分分秒秒,爱当下的一切。

风 景

垒在院子里的砖比树高
树　即使伸出绿顶
也不会被天空遮住
树臂上长出的眼睛　很真诚
真诚的眼睛无珠
也使人感动
砖头很高
它在树的面前是巨人
树便活在巨人的阴影里

（1990 年 10 月）

【评语】　诗人惯于在平常人看来的平常事中看到不平常，有人称他"有一双看见时光的眼睛"，难怪在这首诗里，垒在院子里的砖也有了诗意。他洞察了事物内在关联并进行了比较，认为天空有时也被小小的树叶遮住，从不同角度看，砖头比参天大树高，可谓别出新裁。

立冬的日子

猛然听见一种声音
敲打我的门窗
开门的时候　看见
冬天像位客人
风尘仆仆
立于我的门前微笑

空旷的天宇
传来一串串打连枷的声音
那些连枷声　很亲切
被立冬的日子抱紧
在门前的麦场上
与脱谷的麦皮一起歌唱

落下的枷耙　很沉重
紧握在女人的手里
她们厚实的手中
捏出了成熟的秋天
渗出劳动的汗水和喜悦
洒给脚下坚实的土地

那些连枷声　声声
敲打着黄土的脊梁
打得我对土地的一片爱
很疼
疼得一看见

扬起在空中的连枷
眼泪像铁渣
流出时总在
划破我的眼眶

泥土啊——
你就是我本质中的爱情

（1990 年 10 月）

【评语】 立冬本身没有情感意义,而诗人赋予了它时空、劳动、收获之美感,将之拟人化为一位客人风尘仆仆地到来,女人、连枷、麦皮、黄土等等立冬的这些场景构成了对劳动的赞美,进而得出"泥土啊/你就是我本质中的爱情",表达了诗人对土地的真挚爱恋和对爱情本质的释解。

使我想起所有死亡后的人
都有怎样的感觉
梦中的死是神奇的
死过之后又睁开双眼
打开眼帘让世界和瞳仁摩擦
看到的天空在墓口覆盖
天　蓝得一尘不染
蓝得使眼泪泉水般清清流淌
星星像树上的繁果密布碧天
使人想到天堂就在那里
一只柠檬汁的蓝宝石杯子
介于天堂和我之间
我看见天堂之门
摇晃着花朵摇晃着我的门帘
亲人的泪水一滴滴落下
落下的泪滴
一颗颗化成珍珠
打在了我入土为安的亡体上

（1990 年冬）

梦曲（一）

墓穴是口井
没有水
落入墓底
端正仰眠

梦曲（二）

1.
在阳光下洗澡
肌肤很白
远古的美人

掩面而立
那些男人们在河中游戏
裸露的肉体
自由放歌
每一部分漂泊在阳光里
灵魂透明无影
美人拉我上云端
我却告戒自己这只是梦境
美人赞我梦中识梦境
讽我知梦不解梦
抚我的头发和面颊
以她的眼泪灌溉我
我的忏悔是无罪的叶子
没有天堂没有地狱
我的灵魂无法通过
我一鹞登在更高的云霄
低首回看自己
双肩生出一对白色翅膀
回想人间
心头楚楚一动
泪水就化作了
满天的雨竹

2.

我喜欢梦中的自己
年青而有魅力
走在明亮的大地上
像自由的信使
诚实而快乐

把手　指挥成宝剑
手指也透着阳光
给人们田地和粮食
指沧海为良田
化干戈为玉帛
让一切生命充满蓬勃和智慧
那是一个真理的王子
在寻求失落了的理想

3.

在你剥落
我骨骼的时候
灵魂已从黑匣中
放飞了
透过人性
举起食指作证
而后　我把今世当后世用
再无顾忌
把自己交出
解开吧——
篱笆上的红飘带
明月将在那儿
重新升起

（1994 年春）

梦曲（三）

1.

长长的廊檐
在人群畅游的行列里
我们躲过众人的暗射
蝴蝶似飞逃在前面
前面都是弯曲的楼道
而我们自由地飞奔啊——
幸福成空中快乐的雪花
知道是在梦里
明知道这梦会瞬息即失
就让话语默契
就让心境交织
时到如今
变的变了枯的枯了
老的老了死的死了
我们还在等候什么哪——
不老的是时光
不老的是人间岁月
把白云还给舒畅的白云
让流水归于欢快的流水呵

2.

从坟墓中遨游
把一些骨骼慢慢打开
坚硬的肩骨
垫疼了我的脊梁

天空覆盖了大地
大地吸食了肉体
烂了的是肤体
活着的是泥土
死了的是血肉
活着的是灵魂

一串黑色的鱼苗
从我体内的黑暗中游来
穿梭我男人的每一个神秘穴位
它们如穿着礼服的君子
鱼贯而入
汇聚丹田的水草
而后又如预约般的
从生命的隧道
向着漭漭的太空出发

这时　一切已经成熟
我打开了我自己
如羊般打开了那些鲜活的躯体
最后　我看清了那是什么
我把那鲜艳的躯壳
抛在了大地上

（1994 年 5 月）

走过白昼

走过白昼

走过人流

把自己遮掩太深

惟有真诚的心灵在哭泣

我们把手心亮给天空

沿着手掌的路线走

就能到达一个归宿地

诱惑者的眉眼

似春水

奸钻者的嘴唇

如薄银

走过的年代里

我还记得那些

真正的眼泪

我是无辜者的家属

属于真理的航道

你让阳光

砭痛我们的皮肤

而我对阳光

无悔

（1994 年 6 月 25 日）

世上的风

孩子　世上的风

已吹久了

所以奶奶的眼睛

爱淌眼泪

天空走了那么远

也没见一丝风

被谁留住或带走

经过的事

如风干在簸箕里的蕨菜

世上的风

从盛唐到腐清

都是一种颜色

吹开过遍地的花

也吹败了无数的花

从将军的战马

到黛玉的茜纱

风都拿走了

去交给蒲公英的种子

和麦穗的花朵

风把明月吹得铮亮

金子锤得灿烂

看孩子

风

走在历史的河面上

与时光一起赛跑呢

（1994 年 6 月 30 日）

【评语】 诗人借用实有的风——春风、东风、秋风、寒风来揭示时间绝对和相对变换中的状态。从风吹出"奶奶的眼泪"到"簸箕里的蕨菜",又从"盛唐到腐清",从"将军的战马到黛玉的茜纱",作者奇思异想的把这些意境联系一起,来寻找答案,其实寓意的是时光、历史、人物等等,这些都哪儿去了——原来都是让风拿去了。找到答案并不重要,重要的是,告示风与历史、时光的关系——只争朝夕,与时光赛跑。

风,吹着口哨

把我的手
伸给天空
心却收缩
打旋的泪花儿
只是你看不见
雪花不再落了
春天已来临
风　吹着口哨
冰雪正在消融

跟着时光的脚步
往前走
我知道
这个梦迟早会醒来
在一个冰凌的早晨
鸽子们会飞走
只好将背影
闭在眼里
咽进肚里

(1994 年 3 月)

我送你走进幸福

我送你走进幸福
将船儿推给它的航道
我将我留在岸上
遥远做你的明月

我看见了你的蓝天
红松在摇曳
在冬天过后的泥土上
春天长出了新芽

在我离岸的时候
风会吹响最后的乐章
踏在身后的脚步

划出一行回归的雁影

（1994 年 3 月）

如 今

把一些故事
和一些人
糅合在一起
墙壁和家具
以及桌上的玩具
从不发表言谈
除此以外的一切
都被掩盖
既然空洞的心
已被蛀虫咬伤
你就让风
自由地流动
城堡里外的故事
已很陈旧
希望打破是失望
最低的渴望
被打碎是什么——

高楼上的瓦片
扇动翅膀
鹰在山谷里卧着

鸡却飞得很高
云很密了
光线暗了下来
天地就像装进一个
雨的匣子

我很爱护
白色的墙壁
和油画中
点燃的三支蜡烛
也喜欢
布娃娃纽扣似的眼睛
和一双黑皮旧手套
可仔细一琢磨
海已枯了
石已烂了
再留些什么呢——

（1994 年 7 月）

菊 事

母亲　你不该移菊南墙下
照见孤灯清影里的儿子

菊呵　你在家的院庭里
一只红脯的鸟儿来为你鸣叫

风的声音

前不见东篱不见南山
后不见故人不见来者

一座古老的钟在木桌上把斋
一炷拳拳的香在铜炉里诵经

九十多岁的外婆
看菊　把脸看成弯弯的月亮

母亲看菊　望见
儿女们来来去去的背影

妻子看菊是
一次次的分离和团聚

七岁的女儿
看见了菊头一盏飞立的蝴蝶

夕阳西去　杏子树下
外婆正与我用盖碗喝茶

（1999 年 9 月 28 日）

黄沙尘暴侵袭着中国的西北
阴风怒嚎隐天蔽日
初放的花蕊夭折在春天的襁褓
吐青的树枝梦断在四月的怀抱
陡冷的空气一夜间扼杀了花蕾
风的声音扫荡树林房屋
原野上发出饿狼的吼叫
河水中暴响裂冰的声响
太阳　在厚重的尘云背面
映出昏暗的苍黄之光
风的启示给人以惕厉
号角只属威加海内兮的猛士
号角只属敢于直面人生的勇士

（2000 年 4 月 19 日）

【评语】　作者以"风"为题写了不少的诗。"风"在他心里寓意很丰富，他内心需要表达的那个"对应物"，其实就是借物而喻。这首诗从眼前实有的"沙尘暴""雾霾"联系到初放的花朵梦断初春的树枝，借此连珠而发，预示太阳的光芒、猛士和勇士的志向，不畏艰险。

贫 者

贫者坐在土地上拣羊毛

贫者在烈日的照射下

坐在泥土地上拣羊毛

她把拣好的羊毛堆在身边

那银白的羊毛

像一座山矗立在她眼前

她用一双老了的手拣羊毛

昏暗的羊毛在她手尖上

扯成雪白的云彩

贫者坐在潮湿的大地上拣羊毛

拿上工钱去换食盐和粮食

她的头一直低耸着眼睛盯着指尖

看着看着她身边的羊毛

贫者的身躯更像一座山峰从大

　　地而起

而大地上的财富在她的映照下

忽而变得渺小和空乏

（2000 年 6 月 16 日）

【评语】　作者说自己"每
首诗的背后都有因果和人物、
故事"。此首诗是作者看到大地
上坐着一位老婆婆在拣羊毛挣
钱后的感慨而作。"在心里扎了
很久，才写出来"。诗人称每见

穷人、弱势群体，自己的眼睛是
润泽的、心是沉痛的。这首诗是
写给贫者的，赞美了劳动人民
的勤劳和淳朴，表达了"劳动者
美"的观点。

暮 歌

—— 给孩子

1.

孩子　我把全家的合影像

放在家的书架上了

那儿的空气河一般流动着

阳光像天上的圣水

在高楼的窗户中漫步

孩子　我好像等你等了好久

在乘公共车回家的路上

你像一只牧歌中的羊羔

寻找还是朝着回家的路而来

孩子　那张照片在阳台上

今天我在家休息

翻了翻过去的旧东西

头脑中的一根根神经

又隐隐扯疼

翻翻书架上的书

就如吃药还是过瘾

静静独坐书屋

算是最好的休眠

孩子　我躺在地上枕臂而眠

梦见一群白鸽飞落四周

等我醒来它们都藏进书册里

今天我难得休息

想睡一个世纪不愿醒来

只是自己身心疲惫

孩子　等我醒来

你已在我梦中回到家

那张相片正沐浴在黄昏里

你现在没有去看它

终会把它从书架拿走

置放在自己人生的案头

2.

孩子　外面的风刮得很大

你问惊蛰是什么

我说这是一个好日子

冬眠的动物们要醒了

春天将要来了

你问春天雪花去了哪里

我说都变成了大地上的鲜花了

孩子　我教了你几道数学题

你问所有的数学答案只有一个

　正确吗

我说天下的答案正确的惟有一个

世上的人们都在找

只是寻找的方法不同

答案像奶酪准是放在哪里

也像一枚金橘子

总是藏在哪儿了你得找

你问世上真有卖火柴的小女孩吗

小时候我就给工厂贴过火柴盒

放学还在雪地里拣煤渣哩

记起这些　离自己的世界很近

离孩子的世界很远

孩子　离你很远的事

你都把它们装进你的童话里

你问未来是什么

未来就是把现在最美好的童话

变成今后真正的现实

（2001 年 3 月 6 日）

【评语】　意象是一种富于艺术张力的对应性结构"网结"，而象征使这种意想充分得以表达和实现。读者通过这种形与象、象与意的构成，了解到诗人写作背面的真正暗示和预示。这首诗题为《暮歌》，其实借用傍晚或者联想到人生暮年的一种生存状态引发的启示，从家的实有场景入笔，抓住几个意想，好像在梦想中思索，人生的案头，什么是正确的答案，什么是真理，什么是梦想与童话，什么是现实与未来……

风，从天堂吹来

风　从天堂吹来
越过山岗穿透胸膛
打翻了时光花瓶
一地釉彩

风啊风啊——
我的青春悄悄哭了
别告诉大地
眼睛已流出了绿汁

藏进那朵无名的花中
融化在那棵小草的茎叶里
你找不见我
我找不见你

别让天空知道
满天的繁星
我若是透明的风
今生注定只与你相遇

千百年过去了
而爱不会遥远
群星灿烂　不为拥有
只为与你守伴

【评语】伍德的诗，往往从

眼前现实的角度出发，运用诗歌的方式记录了一件事、一段往事、一段情在精神世界的真实反映，从天堂的风，倾诉和表白了爱的信念和执着。

香　风

1.
等候天机降临
怎奈心儿突突地加跳
虽从没有谋面真颜
爱情已油然而生

2.
那是机密
在真爱的海洋里
没有表达
唯有你　唯有你

3.
黎明的曙光
覆压我的身躯上
我活着乃呼吸　当气数已尽
就是入夜的燕子

4.

你的气息
你的时光
从生到死
须臾没有分开

5.
从表及里　从亘古到终结
从无生物到有生物
尘埃粒子　宇宙时空
香风一动　瞬间彻悟

6.
如鱼儿在大海遨游
像鸟儿在天空翱翔
活在你的怀抱里
我就是最幸福的人

7.
在忧伤里爱戴永生
爱慕者的血脉开花
语言仅仅是水波
爱是无法表白的深沉

8.
当香风拂面
那莲花池里的雨露已摇曳
爱恋的花蕊渗透晶莹蜜汁
我的再生因你而升腾

9.
爱你是有望的归落
在泥海里行舟　刀山上跑马
在爱情的怀抱里如痴如醉
紧缘香风的绳索向前

物 语

以物隐语，以语示物，物质或者事物，皆含哲理。无论尘埃草芥、光阴宇宙，或禅或理，格物致知，均可存真。

瀑　布

以激流的天性
飞飚
在惊人的挫折
和跌落中
形成了———
独特的自我

（1984 年 2 月）

帆

毕竟
随大江而去
谁也留不住东流
然而
天无绝人路
地球是圆的
你
终会在另一地平线上
升起

（1985 年 11 月 23 日）

落过的叶才叫树

从秋的季节度过
那些叶的飘落
成为一次次的往事
年年有秋天叶落的时候
岁岁都有新的叶子繁生
看着今年满地落叶
那些次次落过的叶子们
装作对生命毫不在意
其实　对于一棵树
层层落过的叶
才构成了生命的历程
看着树依旧不动
而落过的叶才叫树呵

（1986 年 1 月）

【评语】　对一棵树怎样看待？平常大多人从发芽到绿叶看，而作者逆向思考，从一棵落过叶的树开始，联系到生命历程的思索，发现了新的意义和精神境界、层次。也正如尼采所言："其实人跟树是一样的，越是向往高处的阳光，它的根就越要伸向黑暗的底层。"

我走在寒冬的风里

在我年青的记忆中
不知是一次梦还是现实
好像有一夜
我走在寒冬的风里

没有灯光　也没有前方的道路
黑黢黢的夜　冷飕飕的天
风像一把魔鬼的手
忽儿把我扯拽　忽儿把我推歪

"不能放弃！我决不放弃！"
我终于被激怒了大声喊道
"恶魔，你看看我是谁？"
这声音顿时成了我心中的光明

那风渐渐收敛了威力
雪片飞打而来
如铁碴　似刀箭
我的脚不停地向前迈进

我爬上了一座高高的山巅
疯狂地挥舞着旗帜
"来吧，铁，我要铸剑
来吧，刀，我要斩断！"

就在那最后的一刹

冬天里响起雷电的霹雳
一道蓝色的弧光闪过天宇
我又发现了朝前的方向

（1986 年 1 月 6 日）

【评语】　20 世纪 80 年代是中国历史上的一段特殊时期。此首诗作者运用朦胧和象征派的手法，通过拟人、排比等的修辞，与恶魔、寒风、飞雪对话，用铁、刀来铸剑、斩断阻碍前进的障碍，再用雷电、弧光的自信和力量看到了未来的方向，给人启迪和勇气。朦胧而不迷惘、忧患而不消沉——这是伍德诗歌的独特所在。

物　语（一）

你要是惊人的雷
我就努力成为不怕震惊的耳朵

你要是唬人的压力
我就尽力使肩膀生得坚硬

你要是险恶的逆水

我就更要坚信螺旋向前的激流

你要是冰冷的暴风雪
我就成为融化冬天的春地

你要是一股恶意的风言风语
我决不会轻易让心儿受伤

你要是一个摧命的魔鬼
我已把全部的热爱付给了生命

（1986 年 4 月）

【评语】 英国约翰·米乐说："诗所表示的，不再属于外部世界，而只是诗人内在状态外化的等价物。"艾略特说："艺术形象表现情感的唯一出路是发现一个'观对应物'。"我国文论家林兴宅认为"象征就是形象表现的意思，即用具体的感性形象表征某种抽象的精神蕴意"。伍德的组诗《物语》正是运用了这种内心的意与外在的象的结合，借形言志，暗示和寓意了自己深刻的哲理感悟。

夜的浪

1.
时针的分秒步履
纤细而厚重
每一个横在夜口的守夜人
最终被时光湮没

2.
子夜过后
去银行值夜班
金库里已备好枪弹
凌晨二点　雷电交加
房间的墙皮　纷纷跌落
风驰电掣
疑似盗贼入侵
时钟在墙面上震动
枪膛里跳动的是子弹
胸膛中跳动的是忠诚

3.
凌晨横躺在床上翻书
看见卧龙冈上
有棵凤梧树
东海的太阳
正在身后升起

4.

再不用去追赶
你灵魂的安乐巢
它出没在
蓝色月光的荒岛

5.

谁将收拾那具尸体
你千万别哭
时光顺着夜的浪
将他置在赤道中央

6.

灵魂会舒展开沉重的翅膀
飞
　　　飞
　　　　　　飞

(1987 年 10 月 25 日)

鬼蜮

当走在被褫夺的顺从之路
有一根红飘带飞扬在灰暗的岸边
灵魂流了千万年眼泪的桂冠
像蛇在洞穴盘踞自己的身躯
深夜我听见生命鬼蜮在窗下私语

倾注麻醉灵魂的毒液迷惑之后
再将我拖进暗无天日的炼狱
让肌体无力打开抵抗
使手脚在咒语中麻木不仁
四周里没有一把伞
走着的又是狭谷小道
夜羽上映出了一个惨白的面庞
有一尾鱼停止了游动
我忽然悟出蹂躏和凌辱
就愤然脱离在崎岖的路途
自己从另一条路开辟航道
然后在空中飞行　寻找方向
空洞是这片领域
寂静分泌无声的时空
山崩地陷　海枯石烂
又纷纷返回直至声音湮灭
无数次的戕害身躯
有只白色垩鸟在心中飞舞
怪兽们的情态很温顺
现在眼前都是无限
地球在脚下远去
只见蔚蓝的大海
泛着迷迷茫茫的浪波

(1988 年 4 月)

【评语】 伍德诗歌创作受到象征派影响，注意挖掘诗歌暗示隐喻的能力，在象征性的现象和意境中抒发思想感情。

此首诗与但丁的《神曲》、歌德的《浮士德》表达手法相似,给人以超现实、魔幻般的场景,用象征的场景和隐藏的人物,通过离奇古怪的意识,表达了生命顽强拼搏的向上精神。

度　数

酒的度数
是白色液体清澈的间谍
隐藏的温柔利刃
犹如没脾气的性格
并不是没有雷霆振威之发作
海不是在咆哮
湮雨也会穿透地球
呷酒的嘴唇
对于度数也不在意
纷乱的人生
并不是没有一星点的规则
鹰依赖风的浮力
向更高的天空攀登
鱼在没有度数的水里遨游
都在充当着
一个伟大的卑微者

(1988 年 8 月 20 日)

过去的日子

黑　色

一本没有封面的书
扉页就是一张墨黑的纸
那不是一个女孩子
被风任意吹散的发脉
就是一个很深远的夜晚
少年的眸子
印染在她的发脉或夜天的风里
天上没有星星
星星都失却在记忆中

白　色

雪在他们的脚下
开花
在冰封的日子里
已忘却雪的颜色
没有雪的冬天
还是冬天
冬天不会死去
它们的血
流啊流啊——
春天里才有
玉色蝴蝶

灰　色

太阳是红的
而它的影是灰的
那透明的躯体
倚在大树下

树上挂满
沉甸甸的灰色葡萄

紫　色

谁也别来
惊动
风　在大漠上
有骑士的风度

云
是怎样形成的
雁们为何要长鸣

看谁的手
使辉煌的帷幕
一次次启开

你还用
栖惶吗——

　　　　　（1988 年 11 月）

【评语】　诗人总是通过灵感——彻悟的方式去发现世界和人所未有的、新的、前所未有的联系。古人讲"至人无法,无法有法,乃为至法"。作者认为,生活即是美。生活丰富多彩,对于美,要去发现、去鉴赏、去感受,以美之心度量世界,发现美、传递美、感受美。这几种颜色,借喻生活的故事和经历,从过去的日子中发掘过去、如今、未来的必然内在联系。

断　想

1.
本来世上
就没有痛苦与幸福
只有在品味咀嚼时
它才存在

2.
岁月旷达
人在散淡的空隙
注入了庄重的
楔子

3.
灵魂是灵魂的名字
许多事
唯有心知道

4.
磊落者的影子
是透明的云彩

5.
当发现了
别人的漩涡
你
也就看清了
自己的方位

6.
罪恶
诞生时
人就在那一瞬
成了鬼蜮

7.
人心里都有一片
空旷的土地
不妨去种种
生长的谷子

8.
亲临一次殡葬
生命的欲望
如火如荼

9.
佛拈花而笑
人如山倒

佛拈花而笑
彼岸就是此岸

(1989 年 1 月)

是与非

那是个罪人
活得很自在逍遥
那个魂魄
早被一只野狗吃了

眼睛红如猴子的屁股
令人恶心
更想吐出浓痰
做比

是与非

自会有人证明
终会有个天平
断定
每个人走过的路

（1989 年 2 月）

在一个凌晨

闭上眼
就想飞渡一个空间
举笔的手
停在风中
再不滑动

瘦弱成稚树
眼皮上
深深的壕
划进梦中的泥泞

闭上眼之后
欲问取暖的炉火
冷的感觉
是否
顺着洁白的骨隙
渗入

（1989 年 2 月）

影 子
——给父亲

你收藏着
唯有你自己坚韧的信条
在一生的路上

难怪你从来
不谈论
人生

一条沉默的路
自有真理
铭刻它的深处

你说——
真理往往会冷落一旁
从来不言语

因此　大地上
有你的影子
不灭

（1989 年 3 月）

【评语】　1988 年，作者东北上学前父亲在病榻。随后父亲病逝，作者未来得及送葬，成为终身遗憾。伍德多次写父亲题材的诗，对父亲一生的回顾和反思，抒发对人生哲理的认识。与其说是对父亲的挚爱，不如说父辈已成为一种精神世界，成为一种象征石碑，是一种令后人深思和享用的精神财富。因此作者写出了一系列有关父亲的诗文，如《影子》《童话》《钥匙》《铜灯盏》等。

烟灰缸与向日葵

你的脑颅停止了思想
把桌上的烟灰缸
拧成一朵向日葵
花瓣是钢制的
齿轮与齿轮
相对无言
墨绿的叶子
重如万钧
暗生着无数的火焰
泛起的花齿
把时光咬出
残缺不齐的伤口
与烟蒂掉落的尘埃
构成了另一种风景

（1989 年 10 月）

巨大的翅膀

一颗火热的心
凝固成一幢黄昏中的铜像

太阳在远山的背面
流淌着猩红的血

记忆停留在
湮埋半途中的车辙

你的眼睛不动
宇宙停止已久

把手心贴在月亮的面庞上
烫出五个红色的欲望

心不由己颤栗
紧跟着天地也重新波动

新的时间在秒针的轴心发芽
明天的太阳跨过昨天的裂谷微笑

你发现的自己有双
巨大的翅膀

（1989 年 10 月）

【评语】 伍德认为象征意义大于实有本意，诗歌是人类进步的号角，是先锋船、破冰舟，往往走在时代的最前列。诗人多少年苦心向往的就是思想的进步、社会的发展、人类的文明、世界的和平。"即使忧伤，也是为了热爱。"这首诗给人积极向上的力量，充满想象和希望，从新的时间发出理想，唯有这样的自己，才能拥有一双巨大的翅膀。

片片醉人的红高粱
岩石熔炼的群峰
布满了真诚的语言
看那滚滚的锋芒
刺得天穹
漫含着晶莹的泪水

（1989 年 10 月 23 日）

蝶

我有过许多
美丽的旧梦
像那花瓣的齿轮
缀放在岁月的眉头
就在平静的时分
记忆的触角
又长又弯
伸向无边的四方
我只想保留自己的纯净
把任何一份真理
合手托给
出污泥而不染的荷叶
它铺开的是一个
绿色的往事
毋须去诅咒腐烂的污水
我有过许多

红高粱

鲜血或汗珠
都在你无言的泥粒中
弘扬一种精神
或是耸起的城墙
抑或是人间沧桑
一百年　一万年
也不吐露一颗血性的字
兴旺与灭绝
孕藏进坚韧和深沉
将忧郁吐露成
枝头飘扬的棉丝
把愤怒炼成

美好的梦想
它像生着无数的翅膀
只在我偶尔停下来回想
那岸上就会飘落
无数洁白的蝴蝶

（1989 年 12 月）

窗　口

黎明前一带曙光
悬浮大地的身躯
房间内的一切
与天宇包含的万物
都可能
有另一种摆置的方式

从什么时候开始
我们的空间
无限远深
时光在哪个时候
使我认不清
纯洁的灵魂

只要把心
交给太阳的事业
都意味

距离正在缩短

（1990 年 1 月）

【评语】　象征性是诗歌艺术的特征，也是伍德的写诗风格。作者表示"只要把心/交给太阳的事业/都意味距离正在缩短"，给人以"道路曲折，而前途光明"的正能量信念。正如古希腊哲学家柏拉图所言："把你的脸迎朝阳光，那就不会有阴影。"

这样的时辰

这样的时辰
惟有诗能将人
带向最深的孤独
在最深的孤独里
反而不知道什么叫难受

这样的时辰
音乐变麻线
缠绕着忧郁
织成纺锤的形状

不知道云为何这样重

看不清打开的诗集的步伐

只见诗人的眼睛在机杼上

纺织着长长的花布

（1990 年 3 月）

【评语】 法国 19 世纪最著名的现代派诗人波德莱尔认为，象征主义诗歌的特征是灵性，而灵性就是思想，其现代主义创作方式提倡诗人用最合适于表现他内心隐秘和真实的感情的艺术手法，独特地完美地显示自己的精神境界。这首诗时刻剖析了"这样的时辰"诗人内心的孤独和忧郁，听到的音乐似乎生出了麻线缠绕自己，在暗淡的光线下读诗，诗人的眼睛也成了纺织机，想象独特，寓意深刻。

残余的景

——参观电影制片厂

1.

一切的故事已结束

摄影棚

有残余的景

真真假假的道具和玩偶

一株蜡制的树

巨大的布景

幽蓝得发惨

谁也别出声

千万别道出真谛

浑浑噩噩的逍遥

循序渐进的探索

2.

走在清朝一条街

这儿是谭嗣同人头落地的地方

背景用一些朽木构造

这些房屋和楼阁

层层叠叠

繁华和浮尘

颤颤巍巍

瞧　这儿的风景

仿佛倒像真的历史一样

在一个假的世界

真的反而引起人的怀疑

3.

皇宫金碧辉煌

太后的銮殿

还飘散着

那个阴险女人的幽香

留下这个空荡荡的房间

供人们参观

走过这些富丽堂皇的装饰

残败的帝王

究竟有多少金瓯玉砖

"别碰！"导游惊诧地喊

是的别碰　皇桌上的花瓶

尽管它和真的一模一样

碰破都得付出代价

（1990 年 3 月）

树与人

静若成你的树

你的枝长在了我的胳膊

我木讷进你的表情

满身就长出茂密的绿叶

静若成你的根

将思维的经络埋进你的厚土

等明月从树梢滑过

我静若成你的荫丫

闭着嘴　挖掉眼珠

将肝脏化成粪土

白昼黑夜与你并肩呼吸

把灵魂的真实

一起裸露给阳光和空气

我融进你的年轮

你渗入我的梦境

（1990 年 2 月）

一个雨夜

不在乎雨到底要下多大

即使整个世界被水淹了

还会有碰见一根树桩的希望

本来地球多半是水

那一半世界就沉入水底

鱼类和人类的差异

也就是岸上的人用脑子呼吸

雨水挤进了门窗

地板上诞生了一洼天上的水

雷的声音使我感觉一些鸟儿们

　　在争吵

雨打在地上的节奏

像我的手指弹响茶几

这个雨夜的时间再迈一小步

就可迎来一个明天

仔细一想时间并没改变

只是白昼和黑夜的车轴上

人类自己刻上了标尺

（1990 年 9 月）

手　术

一点一滴的积累

一天一夜的成长

然后分解

宛如花瓣

从鲜活的肉上

从心灵的深处

一步步刀割

割走一个窗口

天空多了一个眼睛

看透八千里路

云和月

我只是我的一部分

你会成为你自己

当眼泪结成冰川

哭倒长长的城墙

你的影子

从我身上经过

美丽的重叠

已成大地的童谣

（1994 年 3 月）

最　后

1.

白雪悔恨踩成污泥

一蹬大地的脊梁　腾空而去

2.

时光的轴心没了

宇宙开始受孕

3.

穿透他的那颗子弹　死了

而他骑马走上远征

4.

一个湿漉漉的吻

厚实而忧伤

5.

他把他自己揭开

还原成水的形状

6.

手　抚摸过的地方

现在　泥土芳菲

7.

最后 七是一首
还没有写的空白诗

（1994 年 3 月）

需要晒晒太阳

（1994 年 7 月 4 日）

花的梦

晴　天

一枝花开在
镜旁

晴天的时候
鸟飞得深高
城之外的山峦
透过朝雾
草色青青
时光如种子
均匀地播种抽芽
轰鸣的烟筒
剥落着城堡的松土
苔藓和野草们
被沧桑一次次
震荡而逝
这样的晴天
山雀的欢叫吵破窗纸
西边的天空
隐藏着一镰新月
似是一斑璀璨
淫雨过后
潮湿的心

我去拂尘
惊破了花的梦

花在里边
我在外头

人在远方
却如同屋

身在家里
家是一盏品茶的旧壶

（1994 年 7 月 7 日）

白 色

纯净安详的液体
凝聚成白色的生命之泉
血液是生命之外的水
使时光倒流进涵洞

春天
谁穿着一身粉白的裙
飞过厚厚的绿墙
匆匆和春风一起消逝

就在黑黑的夜里
那朵白色的花
在我遥远的梦境里
做了最初的新娘

(1997 年 5 月 18 日)

黄 色

太阳看我
脸很
黄
我看太阳
脸更

黄
中间横着
一条黄黄的河
我喊给天空——
黄色,别把
自我丢了

(1997 年 6 月)

【评语】 伍德的青年时期正值中国经济文化大变革、大变异的阶段,青年一代面对世界的变化和各种思想,也在十字路口徘徊、观望,甚至迷失。作者对绘画艺术特别钟爱,对颜色有独特的敏感,其作品中不少直接以颜色为名。在黄河面前思考到太阳的"黄"、自己的"黄"、黄河的"黄",在那个年代喊出了"黄色,别把自我丢了",惕励人们要记住自己的国家和民族,自己的文化和特性,别在盲目中丢失自己的文化和道路。

世界与人

知道有一个宇宙
宇宙包围了我的墙

墙　组成了家壁
也守卫了我

我是我心的主人
可我的心去寻找你了——

（1990 年 8 月）

【评语】 此首诗像一幅水墨画，简简单单勾勒出人与世界的关系，家、墙、心、你四者的关系，仿佛是一道古老的哲学命题，我和世界的关系问题到底是什么，如果我在墙内不去超越就无法知道墙之外的世界，我是我心的主人，而这个主人却去寻找你了，那个"你"到底指的是什么……

表

时间戴在手腕上
它的背面铁壳生出锈垢
手腕可以翻来覆去
时间的绳索拴紧了人
一条绳就这样牵着生命
拉着人向前或向后
能后退　也能递进
漩涡也可陷进
年轻或苍老
生来就肩负表的使命
在每一个十字路口
谁牵引你打发掉表链
剖开时间的内核一看
人类的天性发射着本质的火焰
而它正在预言——
一切时间都不会霉变

（1990 年 9 月）

【评语】 叔本华说："没有人生活在过去，也没有人生活在未来，现在是生命确实占有的唯一形态。"时间给了人类机遇，也给了责任和义务，时光永恒，而时间有限，表仅仅是人类发明度量时间长短的仪器之

一，它是器，并不是控制时光的
武器。

苞 谷

苞谷挂在天苍
苍天不动
土地延伸着肌肉

苞谷很黄
金灿灿的智慧
齐密生长

语言被凝练
土地如文字

苞谷金光如芒
刺着农人的脊梁
深陷如井

井在农家的院落里
深埋月光和秋水
秋水似女人的眼睛

苞谷挂在秋天的眉睫上
串串土地的眼泪
结成棒棒硬铮铮的日子

苞谷挂在大地之上
黄澄澄的粮食
夯实中国的仓廪

（1990 年 10 月）

【评语】 古人讲"仓廪实，
而知礼节"。60 后的诗人伍德从
小经历了生活的磨难，懂得贫
穷给中国人民带来的灾难和伤
害，深知粮食的重要性和重要
意义。改革开放和农村土地承
包制度的实行，使作者在大地
上看到了希望——只有粮食、
物质的强大，才能真正称得上
一个国家的强大，才是精神强
大的基础。

画 像

已经读不懂
你的画像
那挂在天边的云彩

谁将你永久地
贴在白墙上

去装饰别人的虚伪

一切 已如混水
摸鱼的手
在暗中相遇

你的浪 静止飞遏
听不见 听不见
你真实的海啸

(1990 年 10 月)

没有诗的日子

这场雪在九一年的冬天
是作为晚餐而来的
大地和我在久经干燥的风之后
需要水的滋润
冬天被圣贤从山顶带回
我家的深巷
被雪掩埋
昨夜相聚的朋友
回去的时候
他们的脚印
一个个成为地上的洞穴
雪在身后书写着他们的名字
没有诗的日子里

我的面孔很清瘦
天空崩裂着文字
语言在四处飘荡
如蝙蝠或雄鹰们
在一个山崖上俯视
泅出他们的影子和心事
我相伴的音乐
从遥远天苍而降
音符揉摸我黑亮的头发
我抓不住生命的流失
使我只有对真实
顶礼膜拜
生命的养料啊
晶亮的物质
支撑我沉沦的航船
在我的海洋中启航吧
烦琐的人生庸庸的日子
无名的英雄
为世纪的天空擦汗
把砂石炼成金砖
营造人间的天堂

(1991 年 12 月)

【评语】 这首诗看起来平淡、直白,几乎用白描的手法写"某年某月某日"、人物、地点、干了些什么、想了些什么;其实就是透过这种纪实性的记录,记载了特定时代、特定背景下的特定人物的思想感情。说没有诗,却恰恰是一首诗,从生活的实有性中揭示了隐含的哲理,从真实的忧患中、从平淡庸常的日子里,珍惜时光和生命,以"无名英雄"般的奉献和牺牲精神,为他人和社会做贡献,或许这正是伍德这首诗要表达的东西。

梅的存在

梅的存在
就是一种精神
向低的温度奔放
傲骨和信仰

梅　使我幸福
它的方式代替了武器
它的脊梁上
结出勇士的骨节

真正的勇士
惯于
以梅的品质
抚慰一生

当寒冷的幽灵
挤兑阳光
被梅纯粹的意志
撕破在芒梢

(1992 年 1 月 10 日 27 岁生日)

【评语】　伍德还写过一首《望梅》的诗(见《西北的夜》辑),此时的梅已超出冰清玉洁的气质,而是敢于担当和敢负责任的"真正的勇士"。正如美学大师朱光潜所言,"以出世的精神,做入世的事业",这或许正是作者所要追求的精神世界。

城墙根

我的窗临近
一堵城墙
高的墙使整个房子
好像深陷一个
巨大的阴影
书册容易潮湿
《史记》刚刚哭过
《资治通鉴》和《荷马史诗》

渗出冷汗
《神曲》与《诗经》
相对无语
《周易》与《禅语》
默默对视
墙根一棵大树上
一群麻雀们
经常来这里聚会
吵得我经常从睡眠中醒来
好像真理在它们
喋喋不休的争吵中诞生
我只有面对书架沉默
就让我打开封闭的窗吧
让阳光和鸟儿们
都来书架上
啄食

（1994 年 9 月 8 日）

物语（二）

1.

叶子给树枝惊奇地说
看,咱们的大树已从根朽烂
枝说,关我们何事——

2.

肺给肝说悄悄话
兄弟,瞧那心脏已快跳不动了
肝说,别理它——

3.

底舱的人给上舱载歌载舞的人喊
人们啊,船底已经漏水
船官下令——把喊者关起来

4.

杞人常常担忧天
终会塌落
乌鸦愤懑,难道我不如你

5.

那人骂驴不懂规矩
驴说,把人不当人
那让我为人,你做驴

6.

空白的纸说
沉默是金
笔就枯萎了

（2003 年 1 月）

物语(三)

1.
深夜　一个果
又一个果　剥落

2.
看见　看不见
是你　不是我

3.
花花世界
梦里　不是真的

4.
豢养一只狗
它认脸　也看手

5.
孤寂之狼
春天里的幽灵

6.
残冬过后　杏树满头粉
花归花　土归土

7.
春光乍泄

静曰尘埃　无限美

8.
闭目一天
睁开　匆匆一世

9.
芒果一半在你嘴里
一半在我肚里　人间爱情

10.
冬花满天星
春草一只蝶

11.
诗意与哲学
一母双胎

12.
被赎救的灵魂
摆渡独钓寒江雪

13.
从相遇到分离
无须说透　缘之秘

14.
你来与不来
春天还会来赴约

15.
夜半世静谧
月满天阙知

16.
阅尽人间事
尝遍世界味

17.
天大地大
无我唯爱

蜘　蛛

夜晚　独自卧床
窗外的世界一片纷争
隔窗也闻到尾气和灰尘
无人知道此刻的我在被衾
像冬眠的一条蛇沉默无言
一只小小的蜘蛛出现在枕头
刅来走去逡巡徘徊不前
你是谁呢　你来干嘛
相互的询问　彼此问候
诞生了两个世界的言论
仔细端详蜘蛛警觉安详
神奇生命　可爱乖乖

你的到来是传述还是致安
我听不懂你的言语
你是否听到我的吟诵
把你的思想密码给我
用微信流量或者别的
甚至宇宙的二维码
人类应该和你沟通了
你温文儒雅　不惊不诧
慎重观察人类的举动
不慌不忙　像个绅士
而人类的我像个什么
在冬天的夜晚独眠
意识停滞　用毛孔呼吸
让耳朵说话
不速之客的到来
宛如等候多年的知音
这个夜晚由此而神秘
蜘蛛侠以你的智慧启发
用纤纤玉丝缠绕吧
而后托起或者拿走
云游宇宙　不用翅轮
而已飞跃

我扫了许多树叶

春天　万物复苏　世界欣欣向荣
大地之上充满希望和力量

我扫了许多树叶
可乌云雷电不时袭来
污染是个黑乌鸦　人类的大脑
需要绿色和新鲜空气
一把新笤帚　扫啊扫
把它们扫进夏天里埋葬

夏天　阳光灿烂　雨水充沛
花朵和粮食都成为新娘待嫁
我扫了许多树叶
暴雨　泥石流　经常突降
人类需要互助和齐心
一把旧笤帚　扫啊扫
把它们扫进秋天里埋葬

秋天　秋天是个火狐狸

贫瘠与梦想并驱
生存同奢靡共行
我扫了许多树叶
可盗贼偷去真理
欲望之花是标榜的玫瑰
一把破笤帚　扫啊扫
把它们扫进冬天里埋葬

冬天　万物收进了思想的宝库
残枝败叶里无数的美景隐藏
我扫了许多树叶
送进花圃当棉裘
倒进垃圾箱做燃料
人类的简史　就是一幅树叶
一把烂笤帚　扫啊扫
把它们扫进春天里再生

第四辑

小木屋

　　情爱，天之性也。无情并非圣贤，绝情并无英雄。爱的意义在于爱之付出、纯美、博大。从少年的春梦，到历经人生坎坷磨难，蓦然回首，那小木屋已成人间爱的见证，爱的一切付出，并无遗失，那爱已融入永恒的尘埃之光。

你

我走了
你在中间

一头是遥远的影子
一头是独个的世界

你走了
我在空间

一端是寂寞的花
一端是甜蜜的根

我走了
你在子夜

一边是黄昏
一边是晨曦

你走了
我在今天

一半在过去
一半在未来

(1985 年 12 月)

【评语】 古人讲："黯然销魂者，唯别而已矣！"这首《你》空灵有形象、意境深邃，是作者诗歌的艺术特征。生离死别是人生的伤痛，更是爱情的悲恸。诗中却对这个"你"的离去和走来都充满了哲理和思辨，从"中间、空间、子夜、今天"不同的四维空间给人无限遐想，或离开、或拥有在诗人的眼中都是站在古今、现在、未来不同的角度思考看待，打破黯然销魂的俗套，耐人寻味；把未来留给读者去充分想象。

金橡树

仰望你举花的手
我有种自焚的感觉
天空中出没着你的梦境
透明的面庞
神秘的微笑
你的晚霞没有落红
在那蓝幽幽的天空背面
爱在宇宙是永恒的等量
让我的手伸进夜天的梦境
啊 那些星星们

扎进我的手心
在疼痛中我有一份欣慰
我要的就是这份感觉呵
金橡树　金橡树
天鹅已经落下了
为何还要这样渴望呢——

（1986 年冬）

【评语】　亲情、爱情、友情是伍德讴歌的主旋律。这首诗表达的正是作者对爱情的想象和感受。它不同于一般的爱情诗，没有表白和倾诉，而只是从更高的层次和角度审视爱情，将爱情的高贵比喻成一棵金橡树。从诗歌的背面可以看出对爱的赞美和绝望之美，发出了"爱在宇宙是永恒的等量"的呼喊。

情爱的尸魂

曾经你离我近且亲
两个太阳相切的心
你死去的尸魂隔离着我
埋下黑土中那一片温存
证明着我证明着你

废弃的是血肉中的虚伪
你的罪孽谋杀了我的青春
像刺射了人的蜜蜂你死了
相撞的灵感所升华的蓝焰
生活的裂变又化合又分解
火焰在腻人的夏季慵懒
覆没世俗菲薄的玩偶
愤慨忧伤不足割舍
而那星星的渺光肯定了我
我说过每颗星辰都是月亮
太阳不属于我春天的温暖已冰凉
无名花的恶之果在心扉服膺泛厌
我愤怒我恼恨是谁毁了这歌喉

歌被埋在时光的腐土
或许春风飘去了活着的精灵
噩梦在白昼的床上泛滥
情爱的尸体已成粪磷
给大地以烈日的暴晒
永不凋谢的伤痕茁壮成长

在真正的春大里我平静不再烦恼
花儿是花儿太阳是太阳
假如这是千百年将预言的
一切都是真实而合理
真成不了假假不会是永久的真
这就是我的渴望和永恒的恋

（1986 年冬）

十四行诗选

1.

当大地把我从黑岸中托出

我的再生注定是为爱而来

生命之花开放我的枝头

冬天的长夜度过我漫长的额际

我就轻轻叩响冬眠的大地

谁将在白昼和黑夜的边界上放歌

风在大地和海面上游动

大浪把海啸紧握在手掌

我从大地的梦境中唤醒你

顺着我手掌的命脉一定找到你

满天的星斗璀璨成智慧以外的

　　语言

忧郁在幸福的烛光背面叹息

你就拉住我的船纤踩着风浪

飞跃世纪的层层时光吧

2.

我走过的高原是一片爱情的麦田

爱人　我在冬夜的岸边等候你

等候着生命徒走的痛苦

在这漫长的冬夜

我的疼痛雪片般投向你的大地

冬天里惟有风很真实

我挽着冬的手臂在高原上漫步

星辰不灭爱情不灭

你在真理的那边等候我

我只剩真实的生命在等待你

黑夜笼罩了我　爱人

你深藏着火焰

点燃它吧——

这最后的一根蜡烛

（1986 年冬）

【评语】 20 世纪 80 年代初伍德青春年少，阅读了大量中外诗词名著，莎士比亚、雪莱、拜伦、歌德的诗几乎一直在枕边、桌边，受其影响,他写作了一定数量的"十四行"类的诗。这两首诗有明显的十四行诗歌特点，又具有中国传统诗词的痕迹,以哀婉、忧郁而又不失激进的思想感情表达了对爱情的宣言和表白。

我的忧伤是一首歌

我的忧伤

因为你而起伏不宁

日益伤逝着我的春天

那流失的时光背面

有我们的影子
路在脚下延伸
时光在飞逝
生命的价值
并不一定就很遥远
那我为什么要伤悲
世界啊世界的心灵在哪儿
哀怜啊我哀怜的人儿在哪里
当忧伤被你点燃
雪白雪白的蜡烛
——燃烧着
光明纷纷延伸
黑影渐渐退却
灵魂在裂变中生长

在深夜里
我的忧伤就是一首歌

（1987 年 1 月）

抒情的石子花

1.

沉默不知本身就是火焰
你不得不沉默
石子在草泽还是海底
感觉时空也在生根

只是没人看得见
压抑在石板下种子的力量
正曲折逶巡向前
开花有开花的奥秘
不开花有不开花的玄机——
把一切的真实裸露给太阳
没有隐藏阴影
胸膛和脊背
永远都朝着光明生育时空

2.

舒起云烟的长臂交给天际
望着高高的穹隆
向宇宙宣言——
那盏灯　永不熄灭
让所有的火焰
凝聚成一个巨大的火炬
随生命风　源远流长
山峰有山峰的伟岸
石子有石子的刚强
从宇宙观望大地
那些石头盛开的花朵
让大地改变着幻灯似的模样
抒情的石子花啊
正凝含着太阳
收获着阳光中的颜色和营养
迎接新世纪的风风雨雨

（1987 年 1 月）

同一片蓝天

粉红色太阳帽
遮住脸颊时
我记起了
你手中吻过的野花

当花瓣投在春风里
被时光的小船载走
我想起了
贴在你脸上的绿叶

到现在　尽管
相别的日子已经很远
距离播种了无数的高山和沟坎
依然我们共享同一片蓝天

（1987 年 3 月）

一　切

——给少年时代

一切都是真的幻觉
新鲜的世界　泪花也如阳光
一切的语言不加雕饰
串成项链戴在青春的港湾

一切的喜悦
都搁在彩虹架起的桥梁
把共同拥有的时光
藏进永恒的天空
一切的痛苦都被升华
总归是让我们无怨无悔
一切美好的未来都在向我们走来
卑微的永远躲在真实的后面

（1987 年 10 月）

没　有

你，寄来的贺年片上
有约瑟菲妮

——题记

1.
孤岛湮埋
雪的海域
盘古开天的时候
有朵牵系的云
没有注意
会发生的一切

2.

心有一条枯藤
悬下月亮的尾灯
天使在暗中
已经举起手中的小飞箭
最后的时光
由谁去摘下

3.

夜不再冷漠
再没有细雨密集草地
静坐成一只白色鹈鸪
等待时光从门前横过

4.

拥有一片土地
没有歌手讴歌残缺的人生
我的天空从来都是春地
长满槐树和长城

5.

相思
是生生死死
扑不灭的天火
烧不尽的云母

（1988 年 1 月 1 日）

黄昏时分

见你又是黄昏
连那一瞬的目光
霎时曝光
我没有说出口
直率是我的悲哀
一个梦重叠在另一个梦的影子上
有时虚假的梦会遮掩一生
对于黄昏的落日
我没打算让它再升起
你的脸和那落日一样
仅仅给人的是一种幻境
在没有栅栏的天体
站在天地合一的境地
世界只剩下一片光辉

（1988 年 4 月）

剪　影

夕阳照在你的鼻翼
一侧生出一个阴影
在你嘴角的另一个位置
夕阳顺着抿紧的唇线
渗了进去

黄昏你的剪影就这样

诞生在我的记忆

那天的落日又红又大

与往常不一

那天的世界或圆或缺

与我们无关

那天的你我把青春的表情

画进了一条流过青春的河里

路　在脚下消失时

我们也离黄昏而去

晚霞消失的时候

只见夕阳镀在你的额上

从幽幽的头发上滚动

分泌栩栩的音符

流得很长很弯

（1988 年 2 月）

划破的手指

裂痕　喋血

所有的轮子

都怕碰伤　记忆

所有的时间　都怕

与碾碎的感触相遇

七月啊　你用你的金镰

割倒了一片　麦芒

灵魂　在空旷的田野

哭泣——

七月的铁轨上

谁在深刻地剥落自己

谁把你的名字

刻在自己的骨骼上

（1990 年 7 月）

山海关

火车在一声轰鸣中

猛走——

铁轮　敲动大地

浑身震动

捏碎的泪珠

现在才开始流

对于别离

曾经　我们共为一棵树

分别也像成熟的季节

时光的背面是沉甸甸的果实

我们带走的是一份

春天里的故事

秋天里的传说

像农夫在身后割满庄稼

使田地充实

我们的记忆很满

犹如盛在杯子里的泉水

我们的杯子原封不动

回忆永不枯歇

那泉水有我们品到的芬芳

惟有我们喝懂的滋味

朝着离别后的方向

寻觅着我们的足迹而来

黯然销魂的时辰

记忆的根系扎向大地的岩层

因生长而疼痛

(1990 年 11 月)

等　候

我的心灵　在地球的封面

开了一扇窗户　我等候约会的人

约会没有诺言

谎言不足为奇

用高原的井水洗头　然后用一

把古老的木梳

将蓬黑的头发梳成原始丛林

每一根竖起的长发　绺绺都能

　　编成

悠长的藤条　打捞井中的月亮

睡觉之前　闻见我的毛发

散发着人类的味道

红色的袜子　清水漂过

搭在阳台的铁栏杆晒月亮

我的麦田里十月的麦浪成熟已久

收割的人错过了季节

女人失约了　男人站在门外

麦穗弯下头颅　自行跌落繁衍

(1990 年 12 月)

【评语】　有人说等候是世界上最苦的差事。伍德在等待什么呢？地球封面的窗口在哪儿？从古老的井、木梳，到长发、麦浪、女人、男人，伍德试图要告诉人们等待的本身不在于获得，等待的过程更为重要。

伸出的手

伸出的手
穿过层层云朵
月光塑造的手掌
担心在水中融化
冬季　在东北平原
所有的雪花都来为你祝福
两手空空的我　就成了
一枝清瘦的蜡烛
我燃烧的焰火
照出一个殷红的面孔
给我们映出一条黑夜的方向
走过的路　雪花们
现在才开始流泪

你微笑的涟漪
激潋出月光中的温煦
引着我的马蹄
紧跟平原上的季节游牧
时光飞过我们的天堂
人间没有了乐园
回到真正的大草原面前
我的骏马才能自由飞翔
草原背后　有你的城市
高楼上望不尽草山的边缘
草原的繁星
就是真实的星辰

牧场　只有在大草原上广阔
如果草原的星星
都成为你的眼睛
牧马人的足迹遍及天涯
走不出被你注视的路的尽头

（1990 年 12 月）

春暮读信

你的字都倒在了我的面前
却看见你伫立在遥远的天边
信中的黄昏和雨夜
都凝固在唐诗的背面
宋词的风打翻了酒瓶
飘走了一段段字句
谁将牵着我的手
带我走向天上的宫阙
塑造新奇的诗意
永不褪色啊
神圣的五月——
春天发酵着爱情
爱情渴望着春天

（1991 年 5 月）

冬天里有野鸽子的爱情

天空都被雪挤满了
寒冷的手指伸向世上的角落
树梢和屋顶
处处缩结着冬天的样子
野鸽飞来的时候
一群投奔的生命
很早　在我的家园
找到了安身的巢
一个被雪湮没的半夜
一阵咕咕叽叽的声吟
我颤栗的耳朵听见
屋梁之中野鸽相爱的话语
冬天我不知道
有野鸽子的爱情
那些来自深巢的声响
叫我人类的脸庞发烧
伤痛的心流出甘甜的羡涎
以及对它们的无限憧憬

冬天因为有了野鸽子的爱情
整个世界也分泌出幸福的意蕴

（1991 年 12 月）

【评语】　热爱自然，热爱人类，热爱和平安宁，讴歌人与自然、人与万物的和谐相处是伍德诗歌的主旨精神。隆冬的夜晚，夜深人静、万籁俱寂之时，诗人在自家的房梁上"听见屋梁之中野鸽相爱的话语"，感到这是自然的幸福，也是人类的幸福。

小木屋

回首的时候，那座小木屋
依然矗立风雪中。
　　　　　——题记

天空累了梦就易碎
雪　纷纷在夜里降落
大地是无畏的英雄
承受无缺也承担破碎
我阅读着人类的天性
雪花像歌声漫旋
人远去了
灌满雪地的脚印
痕迹留给了身后
想一想自己的脸庞
是不是雪地里遗漏的一颗红豆

今夜你就是大地的歌王
今夜你就是天下惟一的情人
炉火通红
映出一个通红的世界
木板隔着外面的寒冷
隔着冬天的脚步和草原的野狼
今夜你就是百兽的领袖
天空的微光飘落大地
夜的门户关闭着
关闭着马车和草原上一条幽静
　的道路
关闭着星辰关闭着月亮和人类
　的思想

门　打开之后
是谁走向了漆黑的山冈
谁在雪地里喊着你的名字
把那歌喉
暴风般地洒向山谷
一盏红烛穿透夜心
不是你　它只有枯朽
而今我还有什么呢——
只有一丝丝积蓄头上的白发
或者让寸肠节节为石
留给你吧　我的小木屋

（1994 年 2 月）

【评语】　爱情是优美的，也是悲伤的。小木屋或许是实有，或许是象征，诗人惯于以实有和想象来付诸诗歌，以表达隐含的意义。

雨, 别牵动我的衣裳

雨　别牵动我的衣裳
让我站成路旁
一棵挺拔的白杨
淋湿的时间
扶着我的肩膀
在树的脊背上
划着圆圆的梦想
就让你最后的手
顺着树枝跌落
在这样多雨的季节
没有了世上的界限和鸿沟
我只用树叶收藏自己
在弯路的阴影里
护理着冰凉的石子
你留在树身上的指纹
落下了美丽的叹息
长满树叶的夜呵——
你用绿色伤害了我
我以根的深沉

爱戴你

(1994年7月)

【评语】 在雨中，或者独自漫步，或者与所爱的人同行，都令人神往。没有太多的忧伤，没有陶醉，只是感觉这场雨的价值所在，感觉到这"雨"既像留住雨中人，又为青春和失去而惋惜、感叹，面对千丝万缕的雨滴，仿佛感到雨在用双手牵引着自己，牵动着自己的衣裳，让慢些走、慢些走，而结尾从忧伤中跳跃而出——正如古希腊苏格拉底所言："世间最珍贵的不是'已得到'和'已失去'，而是现在能把握的幸福。"

跨过那个门槛

跨过那个门槛
路就宽了
步履没有节奏
散淡地走着
树上的叶子
在夜的怀抱里

互相交换语言
说过的话
被雨点掠走
把脸颊放在肩上
让路就这样延伸吧——

夜里看不清什么
什么也毋须再看得清
树的影就是夜的影
我的雨即是你的雨
再长的路
也只是路的一部分
只要朝前走
黑夜正在脚下后退

一些灯光被雨丝
拉扯得更长
一些灯光破碎在地面上
惟有心中知道
今夜的雨为谁而降

我将在那儿疲倦
在水洼上面游动
把雨中世界的倒影
装进天空的相册

(1994年7月)

【评语】 伍德的诗歌语言

从表现手法上看是多种多样
的，不局限于某一种、哪一样，
哪一门、哪一派，如采用抒情
式、意象式、哲理式、叙事式、白
描式等等，有时在一首诗中交
替出现多种方式。这首诗就是
典型的例证。写雨夜，"跨过那
个门槛/路就宽了"，看起来直
抒描白指一个门槛，其实是哪
个门槛——并没有告诉你，暗
指思想、情感、观念等，而"树的
影就是夜的影/我的雨即是你
的雨""再长的路/也只是路的
一部分""只要朝前走/黑夜正
在脚下后退"等句则充满意象
和哲理。

心里有一洼水

心里有一洼水
一只船停泊了很久
船板上长满翡翠般的水草
被风纤嫩的手摇晃

让蜜蜂跟踪我
无人再能从它上面经过
看清楚是谁把湖泊

弄得春水溅上了你的羽扇

一些鱼苗吃惊般穿梭
一会儿都汇集到
你手中的草丛
鱼　听不懂你的话语
你可以学会鱼的沉默

(1994 年 8 月 20 日)

爱的世界

阳光汩汩灌溉
每一个骨骼细胞
都装满春风和雨露
顿时世界也改变了模样

没有爱的大地
就如没有阳光的天空
黑暗和阴冷蔓延
爱的世界里只有温暖

空间里飘满你的气息
爱的世界里相伴相牵
一时一刻也是一生一世
无须过去和未来

相聚是短暂的佳梦
分离是漫长的等候
在爱的时空里
痛苦和泪水都是幸福

没有长久的期盼
只有绝望的心愿
我看见的鸟是爱情的飞鸟
它已飞越了永恒

花　祭

冷风袭击春天
冰霜扼杀大地
花蕾撒落
爱情夭折

飞雪与花瓣交织
芬芳和暗香陨落
疏影隐藏了春天
看不见看不见你的容颜

佳音在门槛上摇曳
空空等候
恰似一份曾相识
相隔在迷津

今生何求
欲说还休
错错错　青埂峰
千万云朵摇曳而生

寻觅是今夜的背影
冷清是低眉的惆怅
踉跄是徘徊的彷徨
恍惚是梦境的邂逅

生死两茫
花朵里的哀愁
一江春水
都为你奔流

不为君生
只为花魂
在满天争艳的时光
化做春泥归去

转　身

天空里有一朵云　转身
雨洗净了铅华　伞都湿透
那个少年的梦就干了

那一年　青春的步履走乱

转身　芳华已逝　云飞烟散
我在哪儿等候你

满天都是飞舞的群星
从宇宙轨道到蚯蚓的纹路
转身　再也看不到你的容颜

从那一天　花朵不春
飞鸟不回　青山不绿
最伤转身的瞬间远去的帆船

一万年太久
那一转身的机缘
不知修持多少年

那眼泪淹成的城池里
把无尽的相思
苦炼成一盏明灯宛如河莲

最愁那一转动的离去
把眼角的泪晶
抛洒在天边的云彩

最怕这一转身的告别
成了永久的印记
刻骨铭心在人间

最是那深深的一目
彻悟你一切心思

却终身隐藏心底不语

没有朝朝暮暮
却在每一次转身里
转动了自己的乾坤

一转眼就是一生
一转身就是一世
拥有还是分离　都是幸福

尘埃之光

——题一对合葬千古情侣

就这样让我们相拥而眠
无论过去几世几劫
别叫醒我们的梦境
两个灵魂正在牵手飞鸢

让我们相互依偎珍惜顾盼
尘埃之光穿透心灵和骨骼
永恒之心在我们胸中跳跃
我的甲骨就是你的枕岩

闭着眼也能看见你的容颜
爱人　让我们彼此守护
呼吸从来没有停息
不求化蝶飞舞但求执手携安

天荒地老　海枯石烂
爱人　多少个千年过去
不问世间情为何物
宁愿堕入尘土　彼此相伴

那是两弓一弦的幽庵
从寂灭万乘到九九归一

不渴盼复活与来世
也不为今世苟活残延

一息千古　千古一息
情归尘埃　爱已荡漾
何来何去　合二为一
融入永活固有的海岸

第五辑

西北的夜

没有绝望的风景，只有对风景绝望的心灵。西部并非是风沙、戈壁、孤烟和落日的缩影，广漠的大地、纯净的夜空、璀璨的星辰折射出劳动之美和思想之花。

高原风情录

1.
竖向高原
方知平川
简简单单的山
也是丘
稀稀疏疏的树
也是林
太阳照着的时候
风
还凄凄清清

2.
换个心的角度
秋的情绪
是成熟
泻在叶上
树是一派黄灿灿的
夕阳

3.
总有一个
相似的梦
不知从哪儿
启程
准是乘着
七轮的车
从九九重阳

那儿
偷偷摸摸
给夜
压
七道又长又弯的
车辙

4.
遇到这么个景
天蓝　雪白
旷野里有一个人的影子
(绝不是野兽)
在无路的雪地
行走
不知是走来
还是走去
也不知
是太阳映白了一切
还是雪
给了太阳
白色

(1986 年 10 月 8 日)

西部断想

1.

仿佛
飞天壁画的琵琶
袅袅浮起远古的音符
大漠落日
枕着古老的黄沙
失眠了几千年

2.

裸露的山峰
在太阳出升之前
白色的雾
沉浮着你的身躯

3.

美丽的鸟
沉重的翅膀
也要为远方的梦想
飞翔

4.

牧人啊
你孤独的炊烟
升向无边的天穹
篱笆的歌
圈住羊群的
向往

5.

阳光很足
失重的云
离开天庭
一步步
飘

6.

辉煌秋季
猛然间
变成
一地落叶

7.

大地呀　燃起火性的风暴
你烧就开始烧吧——
在黑夜与黎明的交界
在贫瘠与富饶的边界
那火如神女遍地起舞
战胜着黑夜伪善的夜鹰
战胜着贫苦遮掩的乌云

8.

大地啊　你烧就开始烧吧
你烧就烧出个惊天动地
将散落的群星
炼铸成光和热的凝聚

9.

天上的星辰

因为
痛苦了一个世纪
才
陨落成一块
顽石

10.
风
将流水般的痕迹
印染在它的
身体　血液　眸子
才形成了
多彩的
自己

11.
是等待　还是
忍受
终有奇异的风
将你吹到
自己的
位置

（1987 年 10 月 11 日）

草原诗笺（一）

繁星从草尖上降临
黑夜从眼睛里诞生
——题记

1.
怀念草原
犹如冬夜的黑牛
反刍青草
用流泪的眼睛
把以往的日子垒起来
去阻挡西伯利亚的寒流
想想草原上的一条河流
像要扶起一锤
倒了好久的花瓶
花朵在冬天的云烟中游牧
河流远去了天鹅还会回来
草原的风呵　温柔或凛冽
都能在心头剪出记忆的棱角

2.
草坡的羊群
白云放牧着
还有一些牛马　自由走动
牧羊女跟随羊群一起长大
阿尼玛卿山的黄昏呵
牧羊女的鞭
抹不去生灵草山的烟

繁星从草尖上降临
黑夜从眼睛里诞生
那涵蓄的苍莽之地
就是一团忧伤的火焰

3.
在冬季怀念春天
是谁也无法问津的暗仓
偷渡我唯一沉重的桥梁
白茫茫的大地呵
草原上穿红袍的王子
骑马而来——
在神奇的旷野
我满身结着冰花
春　只是一种渴望或象征
开创从无到有的田野
让树成林　让畜成群
再让我的骨节拧成一种花
开放在草原的冬天里

（1988 年 12 月）

草原与人

烈日如锥
钻进皮肤
一天很饱

广袤拉开人的影子
更长
站在石头旁
石头成了你的牧羊

没有你　草原更深远
一旦所有的野草干枯了
你的石头也会随着那风景
死去

灵魂将挂在树梢
等乌鸦来啄食或筑巢

（1989 年 1 月）

九月的雪天

听说你的九月下暴雪
我惦念着久别的草原
一夜间　我的头发
也白了——

那些绿的草丛和牛羊
注定受凉
世上的花朵一夜间就枯萎
我所有的梦境
也堆满大块大块的雪呵

只能远远的谛听

深夜雪的诞生

星辰与星辰

牲畜和牲畜

都让我的脑膜酸楚

回想被雪深埋的一条路

一匹马和一些牛羊或野兽的骨尸

草尖上的籽苞成熟了

正散布着无数黑晶晶的花粉

（1989 年 9 月）

敦　煌

九月的葡萄

紫色的乳汁

风似铁戟　情如炎火

彩绸在胳膊上飞舞

云霞在耳鬓间歌唱

反弹的琵琶

飘动的羽裳

丝绸还在梦境中摇晃

悬壁交汇着璇响

驼铃钩起的往事

遮不去你眼里盛唐的春潮

李白的酒樽

边塞的马蹄

古弦奏鸣的乐曲

与岁月的洪流一起奔走

透明的女性　裸露的花朵

绵长的手臂生长无穷舞语

舞动着诗乐扭动着火焰

流下激情　留下春水

成熟的女性

柔韧的土地

丰厚的臀堂

分娩大漠和绿洲

明月从你身上升起

烈日沉入你的梦里

（1990 年 6 月）

黄河面前

流动的是置于身外的血液

从另一个血管　注入我的生命

岸上的我　化做碎石

就和你一道呼吸祖先的气息

泥土味久经不衰

瞬息即逝的与随河涌来的

都是黄黄的河水

无所谓新的还是旧的　都叫中国

对于你　我的存在

犹如一滴生命的原液

被你衍殖而来

祖先唤你的名字
正如祖先喊我的乳名
属于你　就是属于父亲
这是黄土高原给予我的泥塑性格
既然把自己彻底的交给了你
面对黄河　我们的恩怨
就成了父与子的家事

（1990 年 7 月）

西北人看海

不是一望无际
分明　在你的身后
站着另一颗星球的山脉
我不是鱼
也不是鹰
头顶一艘灵魂破旧的舟
去投奔——
本来不复存在的世界
不想变做一只鱼
用鳃肺呼吸
去做无谓的牺牲
相信冰封的青藏高原
几万年前是一片海洋

（1990 年 7 月）

大西北是一架欧亚大陆桥

土地可以沉睡千百年
谁也别抡起钢锤
砸她的硬土壳
天空会变颜色吗——

终于　历史有了这一天
人们才知道
这僵硬的大地
是一架通向世界的桥

天空会变颜色——
道路与道路相连
铁轨与铁轨结合
航线梦见了飞机
草原找到了牛羊
土地找到粮食
贫穷找到了梦想

土地筑起的桥啊　大西北
有股强劲的风正向你吹来
当你把双手伸给世界的时候
世界与你的距离由此缩短

（1990 年 8 月）

人在高原(一)

1.

世界终会静下来　静如草原的
　　冬夜

惟有悄悄漫步的风诉说着——

与冬夜聆听的耳朵一起回响自
　　然的节律

心终会渐渐平缓　语言终将和
　　风一样

平淡而神秘　将面孔的一切表情

写在风上　跟随季节高歌或低吟

像风一样平静或呼啸　这是属
　　于真的

一粒野草的种子或牧马的眼睛

都如冬去春来　花开花落一样
　　真实

在高原上渴望的人生和人生的
　　渴望

都如远离草原的云彩并不远离
　　云彩般的生命

即使漫长的冬夜在记忆中驱策
　　春色

当隆隆的冬夜穿过草地沉重的
　　躯体

果然有一个蕴藏春天的心灵萌发

2.

所有的心灵都不期待干涸

惟有干涸的心田渴望着雨露的
　　滋润

高原的梦幻像高原的古井

更像高原上出发的河流

奔放的生命动力　四处寻求

奔流不为划出动人的瀑布

即使为高原流尽最后一滴向往

消失原野或山坳也不失本色

本色是冬天熟透的草原满含草
　　籽儿

映带着群星灿灿的西北夜空

清澈如镜照穿一个人的灵魂深处

一个人在高原并不寂寞

对于每一次深刻地剖析都会潸
　　然泪下

每一颗泪珠　都能照清光明和
　　阴影

雷鸣　正在等候在遥远的天宫

远牧的马群和牦牛背着它们刚
　　硬的脊梁出征

渴望下雪并非追逐白色的天地

山舞银蛇的世界充满动感的气息

西北的天空

惟有这样的天空

安葬一匹天马或小鸟

就对死亡没有眼泪

在很蓝很蓝的天空背面
有个名叫天堂的地方
去天堂的路是一匹白马
骑马或唱歌
都紧挨着天苍
脚下的地平线
海拔三千米
离天空近
天空离我很远
在我和天空之间
黑溪界碑上刻写着几个字——
我不愿进天堂
天堂只有幸福没有忧伤
我不愿下地狱
地狱惟有苦难没有幸福

（1990 年 9 月）

西北的夜

思想之花，是人类最美的花
——恩格斯

惟有这样的夜
记起一枝花怎样凋谢
身边的黄河水无声无息地流
河水洗劫着人类的脑颅
人类总该留下一些影子

这样的夜　零碎璀璨的雪花
漫天卷起沉沉的云峦
冬天已悄悄来临
并不告诉你　冷的涵义

这样的夜　空旷带走一切梦幻
只有默默无闻　思想的脚步
拉开人和人的距离
有的人　逍遥人间
有的人　煎熬地狱

人类的脚步不断地向前迈进
无数星球不停地旋转变幻运动
流星仅仅是宇宙的一支歌谣
陨落　并不意味毁灭

一枝花就这样在凋谢
靠着墙壁的脑勺　很冰凉
冰凉可以让人浑浊
也能使人醒悟
这样的夜　人成了远古的城堡

千万年前的古堡也听不明
深夜人类的思想在怎样喘息
直到这枝花——
彻底凋谢

风吹奏着秋天的万物
一阵树木絮絮的声音

真若上苍的手指
意味深长地弹琴

落叶覆盖的西北啊
夜被层层深渊隔着
悸动的心脏
远听人类和谐的音弦

（1990 年 9 月）

【评语】在诗人伍德眼里，
大西北已远远超乎地域的含
义，尤其西北的夜晚给人的启
示已经与人类的思想、历史、生
存紧密联系，穿透着诗人的忧
患和爱戴。诗人从另外一个时
空思考大西北的发展和未来，
渴望发展变化给人们带来新的
梦想和未来。

望　梅

远旅的人　倒下了
高原上没有记忆的温泉
想起一棵梅树
饥渴和幻想
两把原始人制作的石器
迸发出涎水

涌过干燥的口舌
飘成一带云上河
缝补天渊的空缺
记忆沉重纤拉千年的沉船
高原是泥土的海
凝固已久
游荡着纤夫的尸魂
不用深深埋藏自己的性格
裸出脊梁　交给西北的尘埃
太阳切割出条条沟壑
远旅人的骨骼
铸成弯弯曲曲的树干
从来没有真正倒下

（1990 年 11 月）

黄土高原

斑驳的积雪
浮动着宁静中倾诉的恋语
风　停泊在褐色云幕的背面
黄色的弯月是一支鹅毛笔
在滚滚黄土之上
画动着对地球的爱情
一派低荆林　秃秃的枝干
掩埋了一条消逝山谷的白云
所有的鸟儿　将太阳之梦
衔进林梢的巢穴

以自己的羽毛
做了孵化春天的温床
在日出与日落的相距中
为生存的奋斗而死
也会化成一串圣火的种
贫瘠的高原总是孕育着什么
像个深沉的老人等候着什么
透过蔚蓝色天空的背景
高原像行驶在大洋中的帆船
它的根系感受东海浪击岩石的
　震动
明天　日出东海　黄土高原
最先盛上太阳之光的绚丽礼服

（1990 年 12 月 3 日）

像石头守着河流
如牧羊人守着山坡上的羊群

太阳翻滚落下
月亮跳跃而出
高原上的冬日
摸不着的云彩
看不透的天空和风

这是唯一真实的景致
除非——
一个霹雳让大西北燃烧

（1990 年 12 月）

高原上的冬日

白昼的太阳
照着高原的一瓯
尘土飘扬的冬日
门前耸立着阳光爽爽的白杨树
落叶飒飒奔向大地上路的尽头

枕上听见岁月的脚步
不知谁家绣女绣在枕上的蝴蝶
锈在枕上一动不动
守着我的岁月

人在高原（二）

1.
云在天上天很低
很低的天云又高
云像海中的冰山
大海碧蓝
倒挂在天上
水啊　凝练静止
碧波荡漾的梦想

2.
久久斡旋的鹰

孤独的猛士
天上的骄子
像草原上永不停息的风
与流动的羊
糅合成高原的尘埃

3.
你我相离已经很远
别再寻找　别再惊动
站在高原
就有海拔的距离
有个故事
终究要留给过去

4.
让我远离你吧
让我从远处渴望
故事与故事相同
人与人不一样
惟有真诚的心灵
一样善美

5.
人在高原
心本空空荡荡
我是凡人
注定要还俗——
到如今回答
你终会明了

6.
从今往后
语言苍白
人已渐老
我再不会提起
你呢
——我的未来

（1991 年 9 月）

高原是一个岛屿

高原是一个岛屿
游离出世纪的鸿沟
一切的文明都会有尘埃
人类的希望
灿若高原流光溢彩的繁星
星星是否就是真理
还要等待时间的评断
地球的存在
是否和它们一样澄明
还要等候宇宙的实践
在西北的山谷或草原
最能使人想起
人类的生存与发展
高原是我唯一的生存状态
面对宇宙　世界屋脊之高原
就是一个漂泊的岛屿

四周是天空　　到处是云海
高原就是一只生长着的岛屿
这个岛屿孕育了黄河长江
培育了世界古老的中华文明
养育了人类的东方和世界五分
　一的人群
我们在走向何处——
人类之外和生命之上
我们是谁——
我们怎样保护这座岛屿
怎样保护地球和人类——
这样的想法很可笑也很痛苦
致使现在我的脑颅一片空白
空白之后可以重新装入一些信
　息和密码
与游荡的高原岛屿
一起巡航远行——遨游宇宙

(1991 年 9 月)

雪,埋没我吧

埋没我吧
像埋没一棵树
在寒冷的冬风里
我渴望雪的拥抱
流着雪花的泪
就让悄然的花朵

打湿了我的头发
天空啊就让我也生出
雪一样的花翅
把自己深埋进一场大雪里
像埋进厚厚的土里
给你花朵般的祝福
我的冰凌就是我的温暖
我行走正如我静候
让我静默让我入眠
像一棵树与土地相守
不求树的参天覆地
只愿与你生生不息

(1994 年 2 月 23 日)

草原上

我们用时光
做成的酒杯
喝倒了一些日子
然后醒来
草已漫过膝盖
我们的家园就在草地上
黄河从我们身上流走
世上的河都躺着流
惟有悬着流的叫瀑布
我们大家都躺着流
流过青藏高原的春秋

流过雪山草地的年代
这一切都使我们懂得
躺着的泥土叫地
站着的泥土为山
坚韧就如石岩
清苦的日子
使我们平凡
我们已把自己
舒展在天空下
跟随生生灭灭的季节
接受着阳光的检阅

（1994 年 6 月）

云　游

山岗上游动的雾
包含着青翠的草色
埋在草尖里的露水
打湿蜜蜂的羽裳
待嫁的新娘
梳了一夜的长发
羊群穿过梦境
你就是它们放牧的人
你的表情没有文字
爱　不是明天的衣裳
所以我只需要你蓝色的微笑
梦醒来之后

手指难过地放歌
只是看见
一片云游
从野花的颜色里
牵来一匹棕色的马
去寻找另一朵游动的云彩

（1994 年 6 月）

草原诗笺（二）

草原,是你给了我
绿色的爱情
——题记

1.

地上都长满晶莹的风
一波一波被绿草们淹透
草原　你把我的眼睛
染绿了——
碎花飘出草面
在雪亮的山巅
在马背的鞍上
有一些透明的目光
在河面上闪烁
冬做你的虫
匍匐你的泥土
以肥沃的土质养育我

夏为你的草
徜徉你的绿海
以宽广的胸怀教导我
我还要飞蛾从远方带来的花粉
把自己编制成大地的精灵
献给你——

2.
阳光从空中飞落下来
抛在草们的肩上
她们担负着阳光
阳光就在她们肩上流动
你给了我阳光般的皮肤
我就给你阳光似的爱情
那就让我开一坡自由的花朵
报答太阳吧——
绿　已使沧桑延生
没有墙的风到处奔放
风就是传说中的宝马
无名的花在马背上开放
小草就是这样歌唱
她们的爱情的

3.
夜里　听见鸟儿的叫声
从远处黑黝黝的森林那儿来
看不到鸟儿是什么颜色
那声音告诉人类
它是世上的另一种语言
只是人耳不能明白

一条河托着悠长的梦境
从夜最幽静的地方流走
带走那鸟儿的话语
流逝进夜的时空跑道
草们依然在夜里唱着歌
只是人们听不到
人们的耳朵太满
只有空着的耳朵
才能装满草原的声息

4.
月亮从山峰背面走出
你将度过今夜的草地
今夜的你带着生命成长
月亮在你头顶斡旋
露水从身后冰凉
云是你的衣裳
你就是云中的仙子
月亮进入树林
担心面庞被枝叉划破
月亮从胸膛升起
牵动了一副心肠
躺在草丛的躯体
就被银剑似的月光穿透
欲做一只树蛹
蜕化成一匹青色的蝴蝶

5.
一枚裸露的草籽
在手掌上牵拉自己的叶茎

饱满的阳光使它受孕
谁把最美的歌喉
献给了山顶上最高的一棵树
使它成为众多者的队伍
托出了森林一叶浮萍
一只山雀踩着白云
在我的身上来觅食
我就说连我这株草
一起衔了去吧
可它总是把我留下
于是我似是一直在等候
等候一个山雀一样的孩子
来点燃一堆篝火
把草原的白昼遮住
照见松柏凝练出的琥珀

6.
在深深的草原背后
有你的牛蝇和蚂蚱
牛羊远走了
你把粮食留下
粮食远走了
你把牛羊留下
我要跟着你去放羊
跟着季节放牧生活
看　河水在石头上
跳跃着花朵
鱼在漩涡中跳舞
我要追赶你的目光
跑在时光的前面

在清亮的风里
你将找到我的影子
在深深的草丛里
你将发现我清亮的肉体

（1994 年 7 月 30 日）

河边的麦地

河边的麦地
齐刷刷在阳光里站立
像检阅中的队伍
层层在大地上铺开
这是人类最好的风景
当我从她身旁经过
手掌摸过麦的头颅
麦花就在我手掌上开放
自由的风托起了我的翅膀
我像鸟儿掠过田野
山寺里的钟声打碎了
一颗颗留在草尖上的水珠
人们飞蛾似的散了
留下我守卫河水和麦地
现在一切真的很静
很静的土地本质是沉默
我们的家园
就是用一些粗糙的手
把日子一次次拧成

身后不断升高的麦垛

（1994 年 10 月）

阳关曲

那天你走了好远
沙漠消失在了天边
马鞭举过秋天

穿过你厚厚的肩
只是看不见
那火红的脸

马群踩着云朵
孤城边关
脊梁磨成了镰

烈日天边
马踏着飞燕
大风吹落了雁

（1996 年 11 月）

草原诗笺(三)

不是挥挥手就挥去的云烟
不是握握手就握走的往事

每一次的转身带动沉沉的大地
每一次的起步迁延萋萋的芳草

一个犹如相恋的爱人
一个宛然相知的故人

那些被你踩过的荆棘枯了
那些被你摸过的野草绿了

朋友们唱着歌送别
他们在漆黑的夜晚送你回家

那些相伴过你的星辰还在闪烁
那些风雨锋磨的日子还在留着

一个沉沉的名字
一个芬芳的名字

你把青春留下
草原把你的岁月带走

（1998 年 5 月 6 日）

云 朵

草地上没有一匹远来的野马
一涡一涡是草丛里生长的蝴蝶

你是从深草的海里结出的云朵
你手中绽开一束淡蓝色的花瓣

你怎么消失在绿色的海里
草原上怎么不见了你蓝色的笑颜

等你从天而降般站在我的面前
更懂得了你的名字的醇芳

格桑 飘逸在风中的云朵
你的眼睛为何刚刚哭过

我就要从草地上走过
草色跟随我的脚步远行

我刚刚在河面上飞奔
身上还留着水花的痕迹

我把脸埋进草地
颗颗泪珠种给泥土

格桑 一些云朵从天边游来
云朵轻轻叫你的名字

你的眼睛里有我的忧伤
我的心房里住着你明亮的眼睛

格桑 摇曳在雨中的花朵
你把满地的雨水深藏进草根

我在暗红的伤口里
依然看见盛开的花朵——

(2001 年 7 月)

西 风

草山糅合着西风
绿地残留远古驿站
古道上传来瘦马的蹄声
明月伴随草绿的长发

天空飘动团团雪莲
帐篷传来缕缕酒香
白云扯下来当衣衫
蓝天做对镜的碧玉

青藏高原
我无法捕捉你的爱情
一个动人的名字
一个忧伤的名字

唐蕃古道
丝绸之路
白牦牛出没的地方
圣洁旷远

湖泊没有岸——
望见了你的衣襟和水草
看见了大海之上七星
还有那天空比海水还要遥远

没看见成群的水鸟
和芸芸鸟岛
没看见海底下的世界
可我看见了它们的飞扬的灵魂

在漫长深夜里
我就是那个筑长城的秦汉
在历史的长河里
你就是他千年哭泣的娘子

当爱已随城墙轰然倒塌
我如精卫填海般死去
滴血的鸟儿啊千百年来
还在声声呼喊你的名字

（2008 年 10 月）

怀抱艾草

怀抱艾草　背靠青山
让我开始想你——
在旷野在草地在今天
岁月旋律都被春风融化
别说春天已累
艾草正在散发淡淡的歌香
我的爱在大地在四季
就在今天青青的山岗
怀抱艾草　面带微笑
万物生长　宇宙飞翔
我的马头琴
牧马人在天涯
大地的咏者
以诗当歌

日月在上　孤鸟三匝
看天上人间
至味是清欢
花间提壶
月是你影是我
青鸟飞越
爱是无边无际的海洋

艾草熏香
四周空气涤荡
沐浴阳光
我站在大地上

只有一步步　笔耕的农夫
摔倒在年代久远的风雨
大地依旧　岁月安好
如苍老了的母亲
脚板踩踏深深大地
印出沉沉两阜船舶之印
轨迹是前行道路的站点
活着　抑或死去
生命之树　总在那里坚守

站在大地上
就深深地幸福
知足甚至感到奢侈
愧疚或不安
从大地拿走的太多
粮食　爱情和时光
无论城乡　无论东方西方
爱是蔓延大地的五骸百髓
守望你　就是幸福
你的风土火木早已穿透
为你而生的躯体
站立大地　双脚温暖
躬身叩拜亲吻她的芬芳
泥土还是滚滚的海洋
没有边际　没有阻挡

道路　田畴　家园和心灵
都为你而存在和守候
时间在风中刮过
麦花和河莲依旧飘香

一代人又一代人衍生
肉体和华芳一样腐烂
日月星辰亘古不变
即使成为尘埃也围绕你
此刻　在人间
怀抱艾草　面带微笑
我开始想你——
我的大地　我的爱人

甘肃诗话

　　甘肃省,简称甘或陇,取甘州(今张掖)与肃州(今酒泉)二地的首字而成

　　由于西夏曾置甘肃军司,元代设甘肃省,简称甘;又因省境大部分在陇山(六盘山)以西

　　而唐代曾在此设置过陇右道,故又简称为陇

　　中华民族的人文始祖伏羲、女娲和黄帝相传诞生在甘肃

——题记

1.
高原　平川　草原
火车从东到西奔驰
绿洲　沙漠　黄河
一天一夜　睁开眼

列车仍在甘肃腹地行进
河西走廊　丝绸之路
长长如意玉佩
如母亲的腰带
镶嵌在祖国的肋骨上
一部甘肃图册
汇集了天下的风景
仰韶文化钵瓶盆缶　丰富多彩
马家窑彩陶　精致富丽
齐家玉石　绚丽多姿
青铜戈马　文物纷呈
雷台汉墓显稀世珍宝
甘州　肃州的家园
历史的风帆
飘扬了上下几千年

2.
黄土高原接壤八百里秦川
母亲的长发梢
飘散穿越嘉峪关的城楼
边关的半皂明月
嫁妆的银梳子
从秦皇汉武
到盛世今朝
梳啊刷啊　长长的马鬃
一飘扬就是千年的时光
赤兔马的故里　貂蝉　董卓
李白的家乡
街亭外　古道边
芳草碧连天

而今飞越
甘肃老家　抓一把泥土
都散发历史丰厚的淳香

3.
莫高窟在鸣沙山的怀抱畅想
敦煌壁画　东方艺术瑰宝
镶嵌在历史的胸脯
马踏飞燕　飞越时光的隧道
铜奔马的故乡啊
仿佛胡笳十八拍袅绕耳畔
嘉峪关的号角　吹皱了月牙泉
麦积山的石窟映照崆峒山的霞光
伏羲女娲饮沐天水　仙人崖上
　　舞美
崆峒山闻名遐迩
人文始祖轩辕黄帝　三次登临
秦皇　汉武亦慕名拜谒
司马迁　杜甫　白居易　林则
徐挥笔题赞
峰峦雄峙　危崖耸立　似鬼斧
神工
林海浩瀚　烟笼雾锁　如缥缈
仙境
四十年沧桑巨变　换了人间

4.
高山　平川　沙漠和戈壁
纵横交错　层层参参
自西南向东北倾斜的地势

心向伟大祖国的心脏——北京
会宁会师　二万五千里辉煌长征
从反弹琵琶　种草种树
到绿水青山就是金山银山

三江源头　溪流清澈　雨露霜霖
依恋青藏高原的雄伟

重峦叠嶂　山高谷深　植被丰厚
到处清流不息　汇集大河

锦绣陇上　绿山对峙　溪流激荡
恰似江南风光

青青草原　风吹草动　牛羊兴旺
戈壁深处　卫星云一次次升腾

嫦娥奔月　神舟飞船
追寻几千年中华腾飞的梦想
殊当今世界

5.

甘肃的甘是舌尖上的醇香
滚滚黄河就是脉搏里的血液
甘肃的肃　醉了酒泉
飘荡着远古的气息
马蹄寺炳灵寺的断壁
苍桑百渡　讲述久远的故事
兰州塞上明珠　美誉金城
白银金昌有色金属的摇篮
金张掖　银武威　齐驾并驱
阳关古道　玉门关隘
梦柯冰川　祁连如荷
拉卜楞　郎木寺　袈裟红裹
扎尕那的炊烟　祥云缥缈

人间仙境
兴隆山上　云雾迷天
贵清山　官鹅沟里流泉飞瀑
河州古生物神奇伊甸园
八坊十三巷美轮美奂
再现茶马古道　商贸雄风
冶力关的山水诱人　莲花山峰
　　入云
你听那山林漫出的花儿呦呵声
　　声——
百合花是我的爱情
玫瑰花就是我家乡
白兰瓜是我的兄弟
盖碗茶就是我的家园
哎　叫一声我的甘肃老家
我的父老乡亲

兰　州

今夜　住在兰州宾馆
我就是一位久别的游子
在街道喊一声来碗牛肉面
全中国知道我到了哪里

一碗面　端起父亲的情怀
母亲的惦念
一碗汤　家国天下
走不出家乡久远醋畅的梦境

白塔山　皋兰山
像黄河母亲两座高凸的乳房
耸立　滋养在城市两边
黄河宛如一条拉长的牛肉面柔软

又见金城关　双城门
箭道巷　柏树巷
羊肉串飘香的城南旧事
正宁路小吃夜市满富了口福

吃不吃小吃　回忆已满满
听听吆喝声　来一碗牛大碗
犹如天街降临在不夜城
面条和回味　又韧柔又筋道

从金城关的驼铃声中醒来
热腾腾牛大碗　一清二白三绿
　　四红
蹲在门口　稀里哗啦喝完
从头到脚　美滋滋冒汗

忽而　从巷子里漂过
炸酱面的葱花儿香
母亲　母亲游子归来
跑到黄河岸边人已泪流满面

在滨河路茶棚下刮盖碗
品的不是茶　稠稠的人
往事如一碟盐板炒西瓜子
忘却　才知是一碟家常小菜

兰州之夜　万家灯火
乡愁是一杯飘散麦花味的茶水
不想　恰同学少年书生意气
未喝　人已半分醉

翌晨　五泉山寻觅老时光
登高望远　却说兰州的蓝啊
像老兰州烟盒上的碧天
越来越清澈

第六辑

人间诗话

　　在人间，生命不仅是历程，更是见证和体悟。在一双发现美的眼睛、一颗跳动热爱的心灵里，那春来冬往、日月轮换、沧海桑田、悲欢离合等等都充满着人间正道，甚至日常即景、当下生活、锅碗瓢盆、平凡岁月和人物都包含着人间哲思。

沉与浮

一天,一天,
我这样生活着,
身载怨恨的十字架,
自负追求的砝码,
生命的价值,
连同它的尺度,
如此淡漠着我,
迟来的春使我怅惘。

一天,一天,
我这样思考着,
人生的归宿,
像朝雾中的浮云,
沉浮不定——

(¹983 年 3 月 15 日,时年 18 岁)

生与死

让我含着我的笑死吧
在黑暗的土穴里
头枕着我的泥土
微笑藏进大地的海波
在肥沃的腐土中

焕发出新鲜的芬香
山风就是我的呼吸
雷电就是我的感慨
就这样 让我死吧
天空里生长着星朵
宇宙从四面养育着雨露
每天我的躯体围绕太阳旋转
我听到——
大地在轰鸣
江河在歌唱

(1984 年 1 月 10 日 19 岁生日)

1985 年诗抄(四首)

心的花园

傍晚云海里游动着弯月
光辉婆娑着万物的眉睫
望着远处的风景和天上的星辰
我知道宇宙是心的花园

农夫与太阳

哎哟哟,太阳哈
你告诉我这世界的秘密

它就在你最忠诚的劳动里
耕耘就是你沉甸甸的果实

初春的梦

岩石上的桃花
落下
惊皱了平静的湖面

涟漪儿卷着落红
鸟儿叫
关关雎鸠

醒时
少年的脸
羞红

我梦见过……

我梦见过
　一个影子
走进时又是白云
　我梦见过
　　一个面庞
相逢时又是月亮
　我梦见过
　　一个微笑
捕捉时又是涟漪
　　我梦见过你
白云是你月亮是你涟漪是你

你是谁

一粒种子
以太阳做土壤
开着小小的白花
在黄昏里
那花瓣变成紫色
就在月亮升起的时候
那寂寞的花
又开着绛红色的花瓣
——你是谁

(1986 年)

有一个声音

有一个声音对少年的我说——
孩子　当你拾起一枚石子
投向碧绿的湖面
你不要光想着那浪花一定溅起

当我走向平静的沙滩
又听到那声音亲昵响起
孩子　你看见月亮中的流云了么
你不要把幻想搁在那儿

于是我看见
一阵风吹来
帆在洋面上游过
奋力地游啊——

帆在洋面上游去
忽而被云雾遮住
一会儿又被风拉斜桅杆
一会儿又见它兀立在天边

就这样　我在我少年的窗里
用碧蓝纯净做心的底色
以我天真无邪的目光
刻画你——我梦幻中的白鸽子

（1986 年）

——叶儿落了

谁　在门前来过
洒下迷人的泪花
在我少年的世界里
刻画了动人的故事

在我不注意的时候
是谁喊声　爱的就是你
而后
悄然即逝——

是谁呵——
偷去了我花园的一枝花朵
在时光的门前留下了
那么多迷离的脚印

（1986 年）

谁

谁　来到我花园的墙外
在喊　能让我进去么
我回答——
那你必须成为它的园丁

谁　在春天里
拾起一枚树叶
在我的耳边轻吟

为什么

种子埋下了　不要
责问大地
为什么不发芽
问问自己
是否拥有真实的胚苗
既就发芽了　也不要迷醉

要一定问问自己

当遽然的暴风吹过

是否像以往坚韧

哪怕枝头上有了果实

也别被它的摇曳迷惑

在没有摘下以前要问问它

美丽的果儿呵

你是否知道

我为什么种植你

(1986 年)

顺着两岸杨树

1.

顺着两岸杨树

河堤冰凉的面颊

是狭长弯曲的河床

梦中我见

一团星云坠落

流火　飞溅苍海

树木参差

深夜远高

无限寒碧

缕缕云烟

我追赶不上

新星

几千年前发出的光

2.

今夜　我感到四肢

变成植物

天穹的繁星

闪烁智慧的思想

北方的森林

天之苍茫

我将平静地回去

身上已长满鹅黄树杈

树木属于平静

就像踏着夜晚的路

没有声音

3.

夜幕里再不见

有谁的影子来

寂静在我的眉梢

夜长在我的额头

生出绵密的黑丝

我无法剪断

一夜间

我的三月

开始滋生长长的黑须

4.

我将沉默成

一方土地

痛苦

也使人成熟

一切

归于人脑之外

万物在静候

有只长满毛的

手

第一次被火灼伤

痛楚中

得到智慧启迪

我顶礼膜拜

真实的忧患

从此　除过变

一切不会长久 *

*"除过变/一切不会长久"系英
国诗人雪莱的诗句

（1987 年 3 月）

诗记（一）

五月的莅临

竹帘揭起

雨哗啦啦地下

没有发现一只树

是无底的船

黄昏不能没有你

沉浮着的山谷

在我的穹隆之下

找不到真正的你

无处寻觅

太阳是太阳

你是你

就让我顺着夜风茕茕走过

或许跌落也是一次

悲壮的葬礼

走出五月的禁区

身要背给世界

对面的空间

悬转的地球

有一束火苗

燃尽了我的古老森林

呦呦鹿鸣的原野

当一切又恢复平静

提起笔

诗已逃遁

无一丝痕迹

（1988 年 5 月）

属于这个时辰的情绪写照

门窗已关闭
手帕上的眼睛
可以折叠无数次
茶几上《资本论》《国家与革命》
一本久读也没读完的书
一本已读几遍还想读的书
一面嘴里自言自语
黑白易辨　真伪难解

洗盆里有刚刚泡上的袜底
有股味　泡一个世纪
也难以消除
这种味道使我觉得
一切很真实
不是香花不是毒草
所以　我是个孤苦伶仃的孩子
喜欢用柔和的灯罩
罩着四面的墙壁
每一扇墙
都有历史的足迹
在历史与历史的岔口
往往把自己陷了进去

（1987 年 8 月）

【评语】　从以上几首诗不难看出诗人伍德始终考虑的是历史和现实的切入点和方向。崇尚一切真实的事物，寻求一切符合规律的思想。弱小的"孩子"怎样顽强不息追求真理，而不要把自己陷进历史的岔口。

粮　食

麦垛垒高了高原的脊梁
山窝里赶出的麦车很满
农夫手中的牵绳
牵出秋天的充实
在他们的麦穗上
结出了精神的花朵
苍天当道
就会使粮食回到身边
就会叫泥土散发出芬芳
就会使天下粮仓充实
天下百姓安居乐业
仓廪实而知礼节
百姓富才图国强
苍天　苍天
这不正是
人间的喜悦

（1987 年 10 月）

龙凤呈祥的

故事

（1988 年 2 月）

画中的马

野马也，尘埃也。
——庄子《逍遥游》

【评语】 粮食问题是诗人经常深思熟虑的课题。20 世纪 80 年代中国西部经济落后，农村承包土地刚刚开始，作者出身于贫民家庭，冬天在雪地里捡过煤炭、砍过柴、挖过药、扫过树叶，对生活的感受是深刻的，有很深的忧患意识，也思考百姓生活的改善和提高，感慨"粮食"在改革发展中的重要性。

画框很美

形状寓意性格

动态的你自己

悬挂成一幅画

极目之远

蹄踏尘埃

骑士的英武

诗 经

挥动战场的旌旗

雪亮的眼域

闪动一丝风

读诗读经

劲疾　呼啸

玄鸟显示

向着燃烧的天空

历史的天空

嘶鸣

掉落的卵

蹄的温度

殷人　走尽朝代

似踏着火焰的流体

玄鸟成为凤凰

渲染了东方的彩霞

那只卵在楚国的河边

被一妇人吞下

在东方分娩一条龙

再后来　中国

一直演绎着

（1988 年 2 月 1 日）

【评语】 朱光潜从柏拉图、黑格尔、歌德的美学思想中汲取了丰富的内容，认为美是主客观的辩证统一，美必须以客观事物作为条件，加上主观意识形态或情趣的作用使物成为物的形象，然后才是美。我们无从知道，伍德这幅《画中的马》是作者实指一幅画马的画，还是一种比喻象征，但我们可以看出这幅画和这匹马将梦想和现实中的马统一起来，给人以美感和向上的力量。

在我的遍体
现在　发炎成一颗颗
无珠的眼睛
红肿

（1988 年冬）

今夕何夕

现代人的烦恼
是从跳蚤市场
以至纽约股票交易所
掀起的黑色星期一
都给人惶恐的感觉
或是躺在沙发里
看《动物世界》回到自然
荧屏上广告太多
纷扰的世界就有烦扰的故事
世事大于海
时事多于毛
一旦坠入其中
浩如烟海
不知今夕何夕
就对任何生命损耗
也无怜惜
只是在观《西游记》时
心领神会

少年与草莓

少年时吻过
一只草莓
现在腐烂
心的废墟上
长出一棵草莓之树
已被风　焚化成灰
有时伤心
是发现
它不是烂在泥土里了
而是心的沟坎
每一处吻过的地方

为悟空落泪
才知他是个
中国真正男子汉

（1988 年 2 月）

惊　牛

牛　猛然摔下
背上沉重的日月
滚动在无边的天幕
星星们像破碎在天上的镜片
飘动在空间

生命一瞬间迸发出火焰
激荡在它的骨髓血管
牛瞪着欲裂的眼角
装进雄雄的雪山草滩

愤烈的骨啊
给我画笔给我宝刀
在这肩膀上
刻写满是悲壮的字句

（1989 年 1 月 12 日）

人间诗话（一）

草　帽

九月五日下大雨
晴天的谎言
我们已遗忘了草帽
雨是铁的事实
不用找了　妹妹
翻箱倒柜的年代
已过了很久
父亲经过的雨天很多
承受过无数的泥泞和坎坷
父亲用一把帆布的黑伞
支撑着全家八口人
现在细想起来　父亲太累
他在伞外常被雨淋透
晴天里我总忘记
要修补房梁上的裂缝
只有大雨倾盆
才如梦初醒
记起一句古训———
父母的心在儿女上
儿女的心在石头上
难怪天下许多儿女的心
被世上的顽石压住——
现如今看着那张全家黑白相
雨水侵蚀已变了颜色

没有变的是我十二岁的笑颜
可现在品尝它
微笑早已变了味道

木　香

院中的木香是父亲种的
木香年年繁衍
茂密的叶
像芭蕉
深黄的花
如父亲的笑意
花是人种的
人是花的主人
人走了
花岁岁不败
母亲和我都把它
默默许为亲人
木香是母亲的伴侣
我是木香的儿子
姐妹们的眼泪
成了朝朝暮暮
叶子上的露珠
难怪父亲说过——
儿女是他今世最大的财富

家　史

一切重复的历史都在发霉

只有每天新生的日子
推动着年代的巨轮
兄妹们的表情
可以写在家史上
懂得彼此的心事
是几十年家中的铁锅
煮——出——来——的
父亲遗留下十二相属的古钟
母亲去校对误时的差距
误时是因父亲晚年脚步太慢
五八年空气太重　　肺囊气肿
六七年身心摧残　　伤肝损胆
六九年胸中憋闷　　心律不齐
七六年思虑过多　　动脉硬化
家史　至今没有一册
祖先忙于种庄稼
顾不上寻找自己的血液
血液就是根呵——
今生　我攒起一支笔
像祖先的镢头
叩——问——苍——生

(1989 年 10 月)

【评语】　马尔克斯在《百
年孤独》中说:"生命中真正重
要的不是你遭遇了什么,而是
你记住了哪些事,又是如何铭
记的。"诗人伍德似乎经历了无

数的事，而这些事情正是通过诗歌在铭记、在传述，而其核心是爱。"人生本来就是一种较广泛的艺术，每个人生命史就是他自己的作品。"（朱光潜《美学》）惯于从平凡的日常事物和人物的亲情、友情、爱情发现和挖掘人与人、人与自然、人与宇宙的某种内在关系，这是伍德诗歌艺术的一大特征，他从看似平凡的人间事物中，从更高的一个角度审视，甚至是从宇宙维度看自己的人生及身边的人和事，使平常的事物揭示和预示了什么。这就是他眼中的人间和人间里的诗歌。

诗记（二）

1.
鲁迅死了
这是中国式的悲哀
不仅仅是过去
而现在才感到
他死得太早
而中国　不死的
永远是鲁迅的精神

2.
削出我的面肤
凸兀高高的颧骨
回忆因你
起风

让我们踩着
沉重的地球
回家吧——

3.
看透我吧——
然后　顺着一缕云烟
交织　混合
把我——带——走

天宇将会
变得渺小吗——

4.
心　终会停下来
人已老了
你是我今世的标尺

5.
时光已经理顺
纷乱的头绪
开始吧

久远的日子如水

6.

只有顶着风
鸟儿才飞得出色

7.

那云不是虚幻
而是坚守的信念

8.

是我看着你走的
回来　桌上
有半杯水

9.

说　是你的
不说是我的

说是窄
不说是宽

说有说的限制
不说有不说的无限

10.

如果所有的渴望
都灭了　为何
梦中我们还划着木船

向繁星灿烂的夜天驶去

11.

谁说天空没有碧水
几万年前
我们的翅膀
就从这里诞生

12.

血啊　再不能平寂
我的武器
已化做了钢水

让秋后的蝉们
来诅咒

13.

一把毛刷
刷出脑际的空白

北方的太阳
像一匹火红的狐狸

14.

你的眼里
有飘浮不定的云彩

15.

心的深窒

苹果熟了

16.
带着龙的神灵
不愿与蚯蚓们同僚

给寻求方向者以无言的路标暗示

在这个世上
没有一只美丽的鸟
最终成为你的人间童话

(1989 年 12 月)

童　话
——父亲周年祭

你编织的鸟笼
仍静静地挂在
家的梁柱上

鸟早已飞走
空笼里装着
你最后的脸谱和叹息

从少年到暮年
没有人终究给你
春天般的答案

年少时　我是山上的树苗
你是大道上的桥梁
走过的桥比我走过的路多

暮年时　我为大地上的路
你就是世上的墙

茶　杯

茶杯仍在
不用转换位置
或倒掉剩茶
让它自行发酵
茶最后的颜色

历史与历史在杯口杯底对话
世纪与世纪在杯内杯外延续

敞开着无可更改的时光跃进
杯口对有力者是幻想着的天缘
对贪婪的苍蝇就是掘好的坟墓

真理的光泽在永恒的天苍熠熠
　　闪烁
虚伪的影子裹进自己的衣裳孤
　　影自吊

历史就是真理逶迤的轨迹
向前　向后
都像这只茶杯——不要倒掉

(1989 年 12 月)

海与人

即使蚀掉
我
一千层皮
也
无法蜕变成
一条木鱼
让灵魂去喂
鲨鱼

我的苦恋
比你的海水
咸
我的一滴眼泪
缩结了
整个的你

(1990 年 1 月)

呐　喊

真诚的　把心磨成沫
渗给泥土和刚石

伪善的　把手掌
翻来为云覆去为雨

浑噩的　以谎言为餐
鱼肉别人的人生

心灵常因纯净而被玷污
被私欲的暗射中伤

愤怒的鞭子划开凄苦的肝胆
谁为失火的天堂哭泣

(1990 年 5 月)

某些时候

某些时候
时间可以倒过来用
眼珠能将黑白颠倒
舌头割下来可以再接
良心可以经常出售

石头能被温暖的语言软化
苹果能让一页白纸压扁
别人一句随意的话
可以改变另一个人的一生
某些时候　人用鼻孔说话
耳朵可以看见字幕
腋下能辨别真伪
有时鹰在最低的沟壑斡旋
天空也会落入水洼
被车辙碾出无数个太阳
真理常常在一旁沉默
假的比真的更讨人喜欢
夜晚比白昼更光明正大

（1990 年 5 月）

回归的路

回归的路
都被记忆冲远
每一次的回想
都看见落日
冉冉升起
幻想的苦藤
在宇宙中淡化成一束光
向无边的星野
漫步

星海鸿蒙
地球旋转成一枚头颅
波浪式滑过
一束光从宇宙深处遄来
我看见地球在它上面一闪即逝
像一具断线的风筝
飑向宇宙的远方
我在哪儿——
让我的心搁浅在它们的沙滩上吧
从我漏水的船舱
从我的破鱼网
升起的　不再是太阳
时光纷裂成镜片
把天空分成
无数个
破碎的梦境
给恐慌的灵魂们
照亮大地上的影子

（1990 年 6 月）

河底的石子

河底的石子　不再说什么了
清凌凌的水　你流淌吧
石子面朝青天　无言告白
爱人会有一天来饮水

一个人来时　　她拣起石子
就再不用寂寞
饮了这河水就开始发孕
爱　　就在十月分娩
那些石子最终被爱人做成项链
像远古的牧女装饰美丽
爱　从石头的正面到背面
都一样美丽
美丽是因为它真实
它的重量将它带入河底
爱就是这样踏实
不追逐河面上妖冶的浪花
不为飞过头顶的云影争斗名誉
爱人会有一天来这里饮水
因为她的茶杯有一天会哭泣

（1990 年 7 月）

诗　说

注入我生命
每一空隙
以洪重的成分
不要将我随风飘去——
给我生活的所有内容
填补时间的心灵
别让我在空耗中遗失

从自爱走向自谴的迷林
扼杀生命的过程
就是自投炼狱
以血的光线
蒙住我的面庞
对照生活背后的一面镜子
无论从哪个角度
我看清了真实的自己
裸露的每一部分
淋漓地展示自己的本色
犹如一叶贝壳
把真实亮给天空

（1990 年 8 月 18 日）

【评语】　诗人渴望真实，渴望把真实归还给真实，也就是实事求是的看待世界，世界也如实看待自己，哪怕自己存在的不足，都犹如贝壳把真实的两面都呈现出来。

钥　匙
——给亡父

这些都是带齿轮的铁器
启开你一生冷漠的脚步

让每一个脚印——
都来回答你今生今世的疑问

踏进的一条河带你走过
一个残缺的世界
世上本来有许多条路
你却只有一条河的命运

乡土深深掩埋着你的面颊
黄土地成了你今生今世最大享用
大地成了你今生今世的真理
我见大地上处处有你的影子

你没带走今生今世的拥有
惟有清白二字在身后叮当作响
在物欲横流的年代
成了儿女们做人的尺度

这串你用过一生的钥匙
像把铁铸的问号悬挂　在这个
　　世上——
父啊，你把所有的不幸都带走
把所有的幸福和希望都留下

（1990 年 10 月 18 日）

【评语】　伍德表述"父亲"时，注重的是对上一代人——父辈们的命运反思，"父亲"一词似乎已成为一种哲学命题。这首《钥匙》以"这串你使用过的一生的钥匙"，试图寻找和打开自己或者说下一辈人的精神世界、认知世界之锁的桥梁。

灵魂写意

你无法摆脱一种虚伪
一种注定要穿上的外衣
所以　人类一直冠冕堂皇
唯有纯净的天性耐人寻味
真理之光就在那里闪耀
河　该怎么流
路　应怎样辟
历史的本来面目就一清二楚
乘在船上的人
既不关心自己的命运
更不在乎船的沉浮
灵魂　就在手指缝中流走
没有灵魂的躯体
就是一群木讷的羊群

（1990 年 11 月 1 日）

家

你会把一只伞
拴在我遗忘季节的无常天气
等雨来了
你就遮住我的头顶
给我和天空造成一堵墙
炎热的夏天
你是我惟一的草帽
拒绝烈日
带走我的年轮
你就是我用麦草编制的篮子
盛满你我的烦恼和喜悦
然后生活像漏斗
漫漫过滤
一切痛苦和幸福

（1990 年 12 月）

挽　歌
——致诗人

一个人把面孔贴在黑夜上
夜的墨汁灌注深深的眸子
凝固成漆黑的光柱
夜　在你的背后
你　在夜的前头

世界已被平分清楚
一切真理其实就是最简单的文字
没有雕饰　没有粉装
作为人与万物类比
把最初的感受画在空白的纸上

笋壳蚯蚓般攀缘春天
蛹蛾生出翅膀蜗牛长成飞鸽
还有蜘蛛的金丝　火车　黑夜
　　和未来
编织世上有各种各样的图案
历史和年代其实真伪易辨

你走在前面　文字跟在你后面
像一行飞向太空的蝴蝶
一只萤火虫以繁星为队伍
追逐星辰而最终
自己也成了一颗美丽的星星

以心做笔写在纸上
笔尖划破夜的皮肤
流出来的却是血
天空像是多了点什么
只是万物从不言语

（1994 年 1 月 23 日）

【评语】 20世纪80年代到90年代，正是中国社会经济全民皆商的时期，诗人崇尚精神，似乎与物质世界格格不入，这注定了纯粹的诗人群体的物质落伍甚至清苦不堪，正如一位哲人说过"诗歌并不解决具体生活问题"——但在精神世界他们却远远走在历史和时代的前头。

午 后

夕阳落在身上　很重
人还年轻

背着太阳赶路
四十而不惑　鸟说

匆匆就是一生
朝雨夕霜

谁给你备好了晚餐
谁在人生的最后一个车站送行

你说　太阳落下的地方
就是永久的家园

从午后到黑夜还有距离
活着　就是每个人最大的权力

(1994年2月)

【评语】 崇尚真实、公正、和平是伍德诗歌中的重要主题，诗人一直强调和注重的是人要活得像个人，甚至在诗人眼里的世界注重每个人的存在价值、生命价值、时光价值，就连这样一个"午后"，诗人也觉得浪费和流失的痛心、惋惜、无奈，因为甚感使命和责任，感到时光逝去的扼腕之憾，从"人还年轻"到"匆匆就是一生"或许下一站就是人生的归宿，从青年到暮年很快，而活着是每个人最大的权力。

七月流火

涌动的热浪
跨过通风的窗
拂面而来
如一位知己者的心事

吻着我的脸

随风飘去

我掖着时光

追赶未尽的路

河水吃惊地望着我的背影

打开白昼的门

风就是常来的客

只是从你的体内

携走一些幽秘

告诉天空说

他与夜同住

而我说——

七月流火

就成了他最后的情人

（1994 年 7 月 10 日）

城市落日

别了　等候黑夜的

红樱桃

别把这暗红的印象

收藏起来

你看我时

城市的烟雾正浓

烟尘

早已改变了

我青春本来的真实

一夜的距离　也许

会使我们相遇

在另一个没有烟雾的早晨

（1989 年 1 月 13 日）

向日葵

——题凡·高《向日葵》

有过颤动

不管天晴阴缺

太阳存在

你的信仰不会改变

思想的齿轮

金黄的梦

你阅历过

无数的岁月

即使干燥的肺叶

缀成花瓣

也

喋着金黄的智慧

（1989 年 2 月）

【评语】 作者读过《凡·高传》,欣赏凡·高的画派和思想,而这首《向日葵》词语不多,却把握住了"向日葵"的本质和自己独特的感受,同时也赋予了"向日葵"新的寓意,使人仿佛看到了诗中的画,画中的诗。

零散的意象

1.
你把珍珠
始终藏进一只贝壳
我也同样
保护着一块湛蓝的海岸

2.
我为何在最后
指给你看
这座城市　这个时刻
这个黄昏烈红烈红的落日

3.
一匹理想的白马
托着我飞飚幸福的原野

我情愿让梦断开
去正视伤痕累累的自己

4.
用你眼睛里的蜡烛
点亮我心中的黑夜
我就轻轻呼唤你的名字
——爱情

5.
别把我比喻成
不会说话的树
我宽阔的叶
已挨近了你

6.
想起纯净的眼睛
叠藏着青春的慕想
就把我的心事
交给你身边柔曼的春风

7.
当春天真正来到人间
我折下的柳枝
被你接住
爱　这不是我的错

8.

亮开我的笑容
你就见密密的树叶
我把我的爱情
藏在森林的一片叶子上
谁注定从它上面经过
谁就是它的主人

9.

心随你的岛
去寻找永生不息的海
让一切真实的来到
不用任何的梦境
浪　就像我的手
会抚湿你的每一个朝暮

10.

海呢——
一切在无限中渺小
温柔孕育了强悍
虚静包容了咆哮
激进的浪潮
预示着一个新的明天
　　　　　（1989 年 5 月）

流浪的日子

夜来之后打开窗户
听一个人走台阶上
敲响的音符
在弥漫万物的水平面上
放平自己的身躯
贴近它无声无息的颤动
或许这就是另一种爱
而没有撒野的嚎叫
在远离或遗弃之后
眼珠已被思痛的树干
吸收干净
任风浪波动和掀起
转换心的轴轮
摒弃一切的温柔
送走死去的记忆

一个人跑向草原的远方
一处无人发觉的草滩
高原的烈日以它的火舌
强奸了我处子的青春
从此流浪的日子
许多时光都被流放
穿行原始森林
一棵巨大的枇杷树
被我推倒
想让一棵大树

开着白色玉瓣花的大树
做我的坟茔
用那些叶子缀成
黑色的　打了领结的礼服
与一块蓝宝石一样纯的天空
陪葬——
等地球毁灭之后
它们还在宇宙飘荡

（1989 年 11 月）

世界就在眼里重新变幻
我遍体是岩石
满身是深渊
我从地狱复归天堂
又从天堂游历地狱
把我的灵魂赠给天空
而我的诗就是无畏的鸟
落向大地的松涛和海岸

（1989 年 11 月）

走在东北的大雪里

我遍体是岩石
满身是深渊
　　　　——题记

一个人走在东北的大雪里
享受着空白的丰富
使这个冬季不再孤独
那些写在我额头上的字
我想等到太阳出来
一切将会融化
雪地里除过流动的雪泥
再无别的痕迹
一片雪打在眼角
变成水花儿绽开

冬夜，一个人在温暖的房间

一个人在温暖的房间
冬天在门外矗立
大雪　封住了世上的路
梦被炉火烤得通红
燃在炉中的黑炭
和语言一起焦炼
生命的流动　很平静
大雪纷纷覆压的世界
仿佛从来没有思想和烽火
人类在冬夜很驯服
好像从来没有真理没有阴谋
现在一切都很寂静
墙壁和家具

火柴和电灯
烟头和钢笔
都把话语装进肚里
凡·高的向日葵
鲁迅的文字
都成了——
画中的风景
风景中的画
语言烧尽后烧开一壶水
煤炭烧完后化作一片灰
夜的翅膀透着暗红的光
又将明天划过一个历程
而年代与年代链成的长河
从历史的背后正射出硬铮的光芒

(1991 年 12 月 30 日)

六月之夜

孩子　那些花都卝了
那些你曾经抚摸过
叶或茎的地方
绿荫是它们的家园
那些长长竖起的绿墙
如今已横过
夏天暖烘烘的长夜
夜　使它们孕育着世界

在夜最深的长廊上
星星们缠绕着时光的梦
把天空的伤口
用五色的彩石溶成液体
一次次补上
耳边响起它们的歌
响得大地淹没广袤的潮动

孩子
今夜独坐世纪末的窗口
夜连成的潮
在脑海一片蔚蓝
连着那些开放的花
涌满我的胸膛
透过苍凉
便是生命的温度
温暖浸透身心
蔚蓝四处奔放

孩子　在那些熬人的长夜
你用你丰润的手掌
搭在我的额头上
那是生命的温暖和幸福

孩子　我知道这个世界上有你
有你抚摸过的生命之花

(1997 年 6 月 6 日)

走在城市的大街上

1.

走在城市的大街上
希望看到人群中
有一扇窗户被你打开
我知道有个门铃
再不该由我去按响
我明白那顿家常晚餐
再不属我享用
城市里有一排弯弯的栅栏
树阴浓浓遮成一道夏天的围墙
如今已找不到旧日的地方
黄昏里看见一位踌躇的青年
那是不是当年的你我
独自彷徨在十字街头

2.

走在城市的大街上
车轮画在公共车的脸膛
所有的轮子　自行车或 TAXI
街上飘动的裙子　T 恤衫和眼睛
是打翻在画布上的釉料混合在
　一起
人行道　立交桥　火车
和人们的目光相互交织
人们呵你们好——
红绿灯指示着前进和停滞的方向
眼珠挂在伸长的脖子上

是一串广告式的情感项链
我失约在世纪广场的路旁
茫然看着来来往往的人流
心里不由自主暗暗祝福
人们走好人们晚安
人们闪闪而走
人们像在舞台上走来走去
吃苞谷的女郎姗姗而过
好像一只丹顶鹤轻轻飞过

3.

深夜天桥下有一男子正在呕吐
舞厅的霓虹灯还在旋转
喝醉的男人穿过大街
处处高挂着大红灯笼
染红了城市染红了这场大雪
染红了今夜的眼睛和目光
城市的灯夜无痕
大雪被往事搅成一地鸡毛
大雪把白天嘈嘈切切的城市
变成了此刻宁静的玉盘
和平的家园安详的世界
一个人跑到黄河边一看
黄河
也散发着啤酒花的味道
天穹在一帘幽梦的遐想中遨游
原来世上无盖的就是黄河
天下本来无盖的就是天穹

(1997 年冬)

相知的手

我怀念那只
黑夜里相知的手
那上面有雷电闪烁
我信任那只
长夜摸索的手
那里边有大地的颤动
那只手长出了眼睛
它看我时
我正看着夜的脊梁
那只手行走在夜的脉波上
手指变成长长的芦苇
穿透了我的梦
在忧伤里十指开花
那只是深夜里一开的花朵
航行在银河的风里
抚摸着时光的肩膀
滑翔在年代的跑道上
那个夜晚由此而漫长
那只手由此而难忘
就在那一瞬
才知道
时光已过了很久
我披着黑色的长袍飞奔
夜呵　正沐浴在阳光中

(1998 年 5 月)

水

我们起步的时候
夜幕像薄薄的黑色鹅丝
轻轻飘落下来
四周充满水的感觉
我把我的胳臂
舒得长长的　长长的
我的目光正在下雪
那雪在你的眼睛里
早已融化成湖泊
有一对黑色的天鹅
在水面上游弋
那幽静幽静的地方
空气中飘荡着微风
四周如水　水在四周
我们被水覆盖
漫游深水
水把我们从头到脚淹没
我们的头发
荷叶般从湖面上升起
最终成了我们的翅膀

(1998 年 6 月)

日 子

——给世纪末

一些日子湮灭
一些日子新生
一些日子湮灭了一些日子
一些日子新生了一些日子

竖起的楼很高
楼与楼很近
一扇窗户打开或关闭
是否都与心灵无关

地上的车多了
可没有了寻找你昔日的车站
道路近了　距离却越来越远
速度快了　过去的日子无法弥补

电话和号码多了
就是无处寻找旧日的地址
朋友多了
就是心中的故事无处述说

现在的日子已变了
时光多了颜色
空间多了频道
生活多了节目

一些日子新生
一些日子湮灭
一些日子终会湮灭一些日子
一些日子终将新生一些日子

变　会湮没一些岁月
一些年代又在变中新生
让一切在变中升华
让一切在变中永恒

（1998 年 6 月 13 日）

【评语】 惠特曼说，所谓诗人，就是把过去、现在和未来融为一体的那种人。伍德身处一个大变革、大变异的时代，深感变革给时代、每个人带来的巨大变化。站在世纪末观望，时光的新生和湮灭是那样的真实和具体，诗人从辩证的角度看待世界，客观而不失主观的感受生活，变，给人们带来的东西、失去的东西都是那么显而易见，而这种变不是丢弃有价值的东西，变的价值在于升华和永恒。

诗人日记

你们在世上沆瀣一气
蹂躏人们的意志
践踏大地的阳光和花木
我回头向天空怒吼——
是谁给了你们权利
别把拳头逼出胳膊
你们在人前装人鬼前是鬼
脸上裹着一层厚厚的橡皮
表情呆若木鸡眼睛贼如黑鼠
挺起的胸膛宣扬狐狸的气度
惯于出卖笑脸和眼泪
灵魂注入了腐朽的毒汁
有那么多恶魔术鬼把戏
更堪吃人是你们拿手的本领
隐藏在阳光下露出狰狞的面孔
张牙舞爪伺机寻找猎物
吃权利嚼名誉吞财物
鱼肉别人的真诚善良美德
涂黑他人的高风亮节光明磊落
还要用你们的臭脚踩踏
把浑浊的世风推向深渊之谷
哈　所有的伎俩用完了吧
不　你们还有一张吃完了再说
　　的嘴
放下碗筷之余酒足饭饱之后
剔着牙大骂肉里带骨血中有热

用残羹剩饭去豢养一群小人
那些小狗小猫也狐假虎威
到处拐蒙坑骗偷
四处歌颂自己的主人
多么宽厚仁慈义气
宣扬散布——
吃人者有功
被吃者该吃
难怪中国有个叫鲁迅的人
翻开历史一看
字行里藏着"吃人"二字
难怪世上有许多被人吃掉的人
而历史上也写着这样
端端正正的字幕——
高尚是高尚者的通行证
卑鄙是卑鄙者的墓志铭 *

* 北岛诗句

(1998 年冬)

【评语】　马尔克斯的《百年孤独》中说："我们趔行在人生这个亘古的旅途，在坎坷中奔跑，在挫折里涅槃，忧愁缠满全身，痛苦飘洒一地。"托尔斯泰说："人都是为希望而活，因为有了希望，人才有生活的勇气。"或许诗人伍德在这首诗中要表达的正是唱响了痛苦之后的希望号角。

乞丐与模特

一位年逾古稀的长者
颠颠晃晃颤颤巍巍
沿着物欲横流的都市商铺乞讨
街市上熙来攘往人潮如海
流行音乐混杂在耳鼓嗡嗡欲裂
人流画流灯流商品流汇成的银
　河系
是遥远天堂门前流过的一条无
　名河
出现在人海中的乞丐是一艘船
　一面帆
会被面前的大风大浪吞没卷走
　泯灭
孤影在风的吹奏下衣角缕缕舞起
是遥远大海边将近消失的晚霞
抑或一只失群的雁影一枝开败
　的花朵
一片渲浅天边的枯树
半鞠的身躯半弓的胳膊半掬的
　手掌
那是人类一只贫瘠的手
那只手一半是天堂一半是地狱
手心里撑着的是生手背下悬着
　的是死
那只手与世上所有的手一模一样
与一切渴求生命摒弃死亡的手

一样
乞丐把手伸向服装店门口一位
　含笑女郎
这女郎气度不凡昂首挺胸灿若
　仙女
那只半张的手伸向胸前女郎无
　动于衷
乞丐愕然凝固在女郎面前
乞丐惊慌仰望女郎的面孔
瞬间表情凝固心灵凝固空气凝固
女郎笑容一丝不动一尘不染
乞丐不知无血无肉无心的女郎
　是空壳模特
无血无肉无心的模特女郎微笑着
跟周围人群中穿金戴银的人们
　一模一样
人流依然如潮人流依然如涌
一动不动的模特女郎面前
一位乞丐老人半弓身躯半曲着
　胳膊
构成了人间另一道城市雕塑风景

(1999 年 9 月 15 日)

【评语】　莎士比亚在《哈姆雷特》里说:"生存还是毁灭,这是个问题。"诗人伍德一直关注人的生存问题,关注物质与精神的辩证关系,深切剖析市场经济对人们道德的冲击，渴望人性的留存和延续，赞美真善和社会的协调、均衡发展。也正如雨果在《悲惨世界》里说："人，有了物质才能生存。人，有了理想才谈得上生活。"

它经受了风尘的洗礼
在自我锤炼的年代里
更坚信真理的评判

（2001 年 5 月 26 日）

水与渠

就在时光从我的身上
从我日渐冰凉的脊椎上流逝
你举杯对我说——水到渠成
我看见从时空的背面
一眼泉水诞生
从一片沙漠和荒芜的境地
那条泉涌动成一条河
渠的形成就是风蚀雨雕
河水像长了脚趾
在大地上漫步
它走过的地方
渠　就这样诞生
它在沉默中沉默
忍耐中忍耐
它汲取了汗水和惕砺
一条河就是这样形成
它懂得治水的艰险
一条渠就是这样形成

无花果

"天下何思何虑？天下同归而殊途，一致而百虑，天下何思何虑？"
——《易经》

只要能咽进
肚子
满口的苦水
又要何必
用开花的方式
给春天
做一次解释呢？

一切都不用惊奇——
让有花的开花
无花的
就以无花的方式
结果吧！

（1989 年 4 月）

一个午时与法国
理查德

头顶的日子　昨天刚刚过了白露
目光打了个冷颤之后又懵懂
这个午睡　需要加件羊毛背心
不然牙齿和脑门又要发凉
跟夜晚一样上床睡觉
脱落的衣裤搭在床沿上
钥匙掉落下来　从天空坠落的
　　梦幻
想起理查德又难以入眠
放他的钢琴曲催眠
那个法国的男人和我一样长满
　　胡须
难怪从 side one 翻到 side two
处处都是 a song of you
音符缀满了我的心脏
从　星空　梦中的鸟　到午后
　　的旅行
又回到　布拉母的摇篮曲
最后　记忆　向黑夜出发
难怪我俩的胡子都漆黑如夜

（1989 年 8 月）

今　夜

雷鸣和阴云
都成为劫难的历程

风　渐渐平息
浪已安静

今夜　死难和信仰
与彩虹不远

风雨并没回答
历史的晴雨表

苦难只有苦难解释
幸福唯有幸福回答

真理
使人类源远流长

今夜的星光
你为谁照亮了未来

（1993 年 6 月）

【评语】　叔本华说过，人
的一生是痛苦的，但人的一生
正是将痛苦升华的过程。作者

在这个《今夜》遇到了什么事，我们无从考证和去寻找，但从这个《今夜》想到了什么我们看的很清楚，或许是从一场雷电交加过后思考人的命运和未来，从诗歌张扬出的内涵使读者深深体会到作者的思想感情已经升华到对真理和未来的思考。伍德这句诗："苦难只有苦难解释、幸福唯有幸福回答"仿佛已成了历史铭记的谶语。

人间诗话（二）

1.

独坐夜头　黑夜横流
悠然泛一凫舟
浪泊水洲
把岁月翻遍　青春细琢
阅尽了人间——
今夜那个纯朴的少男
人到中年
那个多愁善感的少年
已鬓发缱绻
今夜梳理着绵长的思绪
翻阅着漫长的岁月
拥有的艰难和坎坷都随风而去

任凭夜风浪层层湮没身躯
舐舐血脉和吞食心肺
清理自己的人生和行囊吧

2.

秋叶挂满天空　竹影摇动
在寂静的庭院
杏子树的苍干　紫藤的籽角
将天穹割裂出许多斑驳
叶在秋的浸染之中正孕育着时光
不落一叶　你还在等待着什么
当冬季的号角一响
它们如雪片纷纷而飘
母亲的身影在树下已成剪影
翻箱倒柜　拿出幼年我的襁褓
看　孩子的路程
那果树上花开花落
在人间　经历了许多的故事

3.

秋还在等待什么呢
瓦滴屋檐
诉说岁月长出的苔藓和野草
雨浸秦时的明月汉时的风
静静的是心的空旷
树　长得太高
伞盖式的遮住了天空
有些阴凉
在窗前秋眠

醒来　一窗的树叶装满
菊花已插满了额头

母亲　谁在喊我的乳名
一觉睡了几十年吧——
紫藤开过了吗
葡萄结籽了吧
忘了时光
今夕是何年

4.
这真是自己栽种的树和花吗
记得那是在幼年的梦中
渴望播种春花秋实的收获
它们确实长高了
仰止而望
盖过人头和屋顶
开了花结了果
那是我种下的吗——

要是不信　你看桌上
还有你吐出的葡萄皮呢
喝过的碗茶还有余温
尝过了那茶
瓷盘里还有剩余梨子和葡萄
我咽下一颗青红的果子
酸了一身打颤
哦　如梦方醒

伫立在葡萄树下
已是枝藤茂密
它们静静地等候我的检阅
如那坐禅的少年

5.
杏花年年开过
粉红色香满四处
果子从青涩就爱吃
打起枝头亲手摘
惊起鸟雀往高飞
亲手栽培的牡丹年年开放
你怎么忘了——孩子说
葡萄紫藤都是你亲手栽下的苗哇
儿忘了时光和年代
当我再醒来——
蹉跎了岁月
荏苒了年华

寂静　安详
烦嚣的尘世远去了
唯有回到平凡的家园
反射出人间的安宁

6.
加件毛背心吧　天凉了
母亲说的话惊醒了我的梦
哦——天确实凉了
您冷吗　母亲

让我给您泡碗茶吧
去盛上您爱吃的菜
乖乖坐在炕上品尝吧
你说——瞧
庭院的月季还等你开着呢
每晚我用布苫怕早霜打它
呼唤祈祷花儿呀你慢些开
儿子太忙还没看过你呢——
挪过目光见那花园里的花朵
母亲的温馨啊
灌满了我的世界

7.

翻开旧日的信件诗稿
尘封已久的痕迹
历历在目
那是一个个伤疤
烙在我的胸脯和肋骨上
独自从黄昏翻到深夜
诧异虽然已焚稿几劫
终将还是残留着
日记　信件　诗稿　旧照
我怎么舍得遗弃和焚烧
一件件阅来一桩桩泪
验证着生命的实有和存在

遗失的世界
真挚和淳朴
扑满而来淹没着世俗的心

翻腾着的思绪
在炙热的文字和话语间奔流
掩埋在时光背面的记忆
翻过几十年的光阴
直至深夜　万籁俱寂
惟我的心潮早把时光的岸
濡染成深蓝色的海洋

或许悲痛成就了幸福
或许　幸福来自磨难
今夜独自还是趁着秋风
忘却吧　再留给谁呢——
年代和岁月记载着一切
或许生命由此而壮丽
或许人生由此而完美

8.

今夜谁还在远处轻吟
在那夜的浪波上听我唱歌——
明月已西迁
今夜落入谁的梦境
照见谁的影子
一瞬回到你的面前
相对而坐
你用你善美的目光看着我
我以少年纯清的面庞望着你
面对人间——
不要清高　不要虚妄
只想厮守岁月——

如今秋菊已濡染了我的衣裳
为谁寄出那一片
珍藏多年的枫叶
了却今世的因缘——

9.
生命沉重的河
今夜只为你黯然销魂
不堪回首往日的岁月
那曾令血液凝固
抑或热心奔腾的年代
到如今最怕思量
离却的早把尘世抛开
远去的只把今世隔绝
无情的已使心变冷
孤独的人还在岸边徘徊

10.
听　就在深海的最低层
谁在睡梦里呼唤我的名字——
时异境迁物是人非
曾记得月光迷蒙
今又明月中秋
那清秋渐冷的心路
残了月亮
瘦了风菊
圆了梦乡

11.
今夜我行走在尘世
大街灯火散落　高楼耸立
如舟漂泊在人海里
直视人们的眼睛和目光
挂着一颗热爱的眼泪回眸
今夜　把人间阅遍
天空那样静谧和安详
黑色的背后充满神奇
好似轻轻一跃就投向
那遥远而亲密的海洋

（2010 年 10 月）

【评语】　泰戈尔说"生如夏花之绚烂，死如秋叶之静美"。卢梭说"生活得最有意义的人，并不是年岁活得最长的人，而是对生活最有感受的人"。作者通过时光、家园、秋叶、花朵、大街、城市、灯火等等一系列人间的真情实景元素，反映了平常人平凡的世界，站在另外一个视角看待日常生活的真谛所在。诗人伍德通过《人间诗话》一系列的组诗，正是要告示人们看似平凡、平淡的日子里恰恰饱含了人类对美好生活的向往，以及精神世界与和平安宁之重要。正如伍德自己的话语"没有爱，就没有我的诗歌"。

人间诗话（三）

1.

手中的土豆垒成山
一轮明月从那山顶升起
一箪食一瓢饮在陋室
不堪忧　而宇宙装满心

2.

那些叶子脱离了树枝
树枝沉默不语
枝干和藤条从天而降
片片冬叶集聚成了云海

3.

爱人　我没有离去
一直在那儿等你
一千零一夜过去了
我们的故事刚刚开始

4.

风吹来吹去花开花落
清风明月陋室渐老
鬓角里生出芦苇荡

心里诞生了莲花池

5.

静谧的夜没有任何动静
仿佛离开人间几世几劫
爱是千年修得的机缘
只愿化做你手擎的清莲

6.

爱使永生得到超度
即使在痛苦的海洋里遨游
也低眉修悟爱的沐浴
一瞬也是亘古万世

7.

奔波奔波　孤影凋落
冷眼相待　热脸贴横
柴米油盐醋
今世里就做凡人碌碌无为

人间诗话（四）

1.

时光飞逝
母已八十　儿五十
岁岁重阳
犹如少儿郎

2.
时光倒流
照见孩童的模样
母如初嫁上红轿
醉了樱桃芭蕉

3.
时光荏苒
淹没了年轮和岁月
动摇了牙齿和骨骼
腰板儿挺得更直

4.
时光不老
阅尽人间
把江山看遍
笑红尘客栈

人间诗话（五）

1.
家狗无私无畏
嗅主人的气息　更懂心思
喜怒哀乐　恪守不渝忠诚
愿这个人间　降临平安吉庆

2.
梦见花公鸡复活
阳光下　叽叽呱呱唱歌
一身羽毛灿若凤凰
今世有缘　后世再见

3.
三个烤土豆
香喷喷　手捧在寒冬里
散发着泥土的芬芳
一顿晚餐　就是今世的爱情

4.
冬怕积雪压塌顶
夏忧阴雨蚀倒墙
无仙无龙　或曰
一箪食　一世缘

5.
最是怕语言的相撞
嘴齿间的暗箭
既然家犹如铁盒装物
难免磕磕绊绊

6.
既无举眉齐案之喜
堪少百事之哀
平平淡淡　真真实实
红尘滚滚　终归寂寥

7.

树叶都落去
枝干脱净了衣裳　露出骨头
充实天空之城
那城堡里填满思想和灵魂

8.

我去了就回来——
谁在那儿说　一世不见
爱了无数　遍体鳞伤
天涯路　何堪孤苦伶仃

9.

冬天的叶子撒漏无挂
层层叠叠是春天的尸体
堆积如山　守护者　天使之翼
腐烂泥土　大地啊你哭泣吧

10.

多少烟云楼阁
更堪形形色色
阅人无数　最怕伤心
这世界　没人欠你

11.

误入红尘　须去伪存真
匆匆碌碌一生
是你离撇了红尘
还是红尘丢弃了你

誓以黎明

天空之城　帷幕降临
大地沉浮　宇宙旋转
万物生长　无声无息
谁在为曙光　播撒希望

山峦与湖泊　敞开心扉
鸟儿在无望的田野　耕耘
长河和落日坚守最初的信念
谁在隐约可见的海底歌唱

时光的飞翼　永不停歇
那悄悄临近的事物刹那之间
人类尘埃在星海云河
谁在浩瀚无垠的空中游戈

一切在黎明的曙光中运行
平静的心无须万物的仰仗
昏睡百年如梦醒来
谁在默默地祝福你的再生

黎明之光席卷而来雷霆万钧
一只昆虫正睁开眼静观世界
孕妇正在生产蚂蚁正在送葬
谁再把他们粉碎成永久的花朵

黑夜终将褪去层层的浪波

一切的虚伪终将阳光晒死
一切的真相将大白天下
归还公道和永久的家园

黎明如滔天巨浪卷来
昏暗的光线里耳根听见河声
窗户外的岸边哗哗的流
谁在千古历史背面等候

星座和银河在云海里旋转
甲虫和蛾卵在草丛中蜗居
命运交响曲人类星球一体
谁在渴望和拯救中延续

茅庵铭

1.
雪压弯大树和脊梁
树根们在哭泣中衍生
花朵在冬天的枝头放歌
泥土的精神纯粹坦露

2.
枯叶之蝶秋变腐
虫子苍蝇也难存
唯有火炉熔炼
那就是亮剑后的一把火

3.
从宇宙观望
茅沿的瓦房叉凉的窗
人类一隅 鸟儿在巢穴
生命之树布满了天堂

4.
唯有糟糠懂得糟糠
唯有贫贱明白贫贱
在阳光明媚的早晨
万事万物都有温暖的模样

5.
爱对鱼儿是水
爱对鸟儿是天空
爱对我是灵丹妙药
爱对生命升华续延

6.
静静的院落 墙角和煤炭
树叶黄了 引火归元
熬茶甘醇味道余有苦香
梅花在遥远的梦境绽放

7.
夏天不忧阴雨绵绵
冬季无烦席雪连连
苦难造就了灵魂

也被灵魂所拯救

8.

茅屋为秋风所破歌

壁影气清　梅兰竹菊

种菊扫叶书伴读

一帘幽梦长相知

9.

雄鹰展翅不用风

鱼儿遨游无须水

自由的鸟儿出竹笼

复活的干鱼入深海

被感知的春

　　世间万物，充满着神奇和迷离，一草一木皆蕴含深邃的哲理，一花一叶都给人启迪和惕励。如对春天的感知、生命之树的讴歌，以至对阳光、空气、时光、和平、人类命运的堪忧和赞美！

断臂的树

它在树林外显得更孤独，

它被风折断了身上所有的枝头，只剩下树桩和几只断臂的枝干，

它没有别的、处于平地里的树潇洒，它几乎是站在顶峰、众叛亲离、丑陋的怪物，

它木讷得丝毫不表达任何思想，更无智慧的面相，

立于石峰跌起的山凹，像狩猎的牧人，冻僵在原野；

或许它沉浸在幼树时的梦寐，或许它缅怀一次壮烈的悲欢，

或许它的思维已失去对严寒的知觉，停止在枝叶绿盖茂密时的遐想，

山下的树林，秋天成熟的松涛已散落大地，

那些松籽正在北方的黑土地里做着发芽的梦想；

而它——

断臂的伤口挂着几滴晶莹的树脂，

经过岁月的磨砺，分泌出智慧的蜜汁。

(1989 年 2 月)

被感知的春

1.

假若闭上眼，与你隔绝，让感觉顺着那柳条延续，我就是一株正在发芽的树，

不对你说什么，春，我已用叶的方式挨近了你，

春，你怎能让我们失之交臂！

用你眼睛里的火烛，点燃我心里的长夜，我们就共戴一个明媚的白昼！

2.

为什么要在春中迷失呢？而当豁然有悟，不要再迷失再泯灭，

春是你的，天是你的，地是你的，爱是你的，梦是你的，

让我们呈现出最真、最善、最美的自己，而后勇敢的对生活说：你就是我真实的梦！

瞧呵，春赋予我的充实，不正是从天而降的喜悦！

3.

不要妄念，不要自贱，

春的血液是奔流不息的江河，把你交给大地，大地的核心

有一个炼炉的火浆，

　　你就采撷那大地之上的心灵之花吧，采撷生活的风风雨雨、沟沟坎坎吧，

　　而后，你就说：给我吧，生活，给我欢笑的时候，也给我泪水——

　　4.

　　惟有生活才是奇迹，它在创伤你的时候，也炼就了你，

　　它制造幸福和不幸，演绎丰厚的人生，一切都在演变，不变的事物不易长久，

　　心就是一间房子，打开心灵之门，让风常穿透，让光明永驻，

　　你就会有数不清的收获！

　　5.

　　生活啊，你终将告诉我什么？

　　当在一天发现，你拥有生活的丰厚，你有那么多的精神和财富，

　　你就对生活说：拿去吧，从我身上拿去，我有足够的不幸和幸福，

　　这都是我人生的财富啊，是人生的春天赋予给我的绿宝石呵！

　　6.

　　知你是春，梦你是春，

　　是你潜藏的能量催促万物的生长、演变、发展，

　　寒冬无法抗拒，枯树无法抗拒，失败和挫折都带来了新的伟力，

　　而心灵呢，心灵里有生生不息的绿色泉水和永不开败的无穷花朵！

　　　　　　（1989 年 4 月 28 日）

残　冬

　　一个冬天里的消息在中国传播，

　　西部一场暴雪封冻住了所有的牧场、原野，

　　我好像看见牛羊倒了，

　　厚厚的积雪还压在它们的身上；

　　想起草原，总先听见牛羊的歌谣，

　　人类的自由在牧人的皮鞭上畅游，

　　信马游缰的天性，牲畜们

更加热爱它们的主人；

想到它们的尸体依附草地，
生命已离开昔日奔放的身躯，
我的肩骨缝里也生长难受；

它们比什么时候都安详，
比任何时候也肃穆，

把自己与草地贴紧，像身躯拥抱大地，

我在遥远的地方想象这严寒的残冬，

整个西北高原静止不动，
鹰们在悬崖上凝固眼神，
鸟儿们的翅膀在风中不再划动，

天葬群生的冬天，你把草原的五脏六腑都给撕裂了——

（1990年1月）

梦见祖先

祖先的墓穴在黄土深处，
黄土层层断开，

族坟上长满野草和枝蔓，四周庄稼和树木的手臂向我伸开，

我看见祖先的智慧闪闪，
闪烁得大地震动、变迁；

祖先是真正的农民，他们留下的，除过大地上的粮食和子孙，

他们一无所有，他们的目光，叫后辈不敢正视；

他们的愤怒不言不语，而他们的庄稼却为何奋力生长？

贫穷的祖先，我为何无颜看见他们高高在上的面庞，

梦见祖先在梦中不言不语，为何祖先的庄稼布满我的天空——

（1990年4月）

梦　呓

我喜欢在梦里说几句随意的话，那时候我的面庞与自然的风糅合，

那些话像熟透的果子，轰然低落；

把那些金果实交给谁？白昼里人们的表情组成陌生的洪流，

透过它们重重叠叠的鼻子、眼睛、耳朵和嘴唇，发现有一张面孔，

对我显露着银白的微笑，夜晚在我塑造的梦境世界，那张面孔正向我游来；

就让我说吧，不然长久的留在胸膛要么消失，要么侵蚀肉体，

就让我说吧，就像田野里的麦浪随风传递花粉；

有时，我愿在寒冷渡入我的被衾的深夜，我喜欢听自己牙齿咬响的声音，

那是我与夜最孤独的对话，孤独的状态里反而不知道什么叫孤独；

惟有孤独战胜孤独

惟有寂寞赢得寂寞

把那些话带着"咯噔噔"的声音说出来，像鹰在风中与羽翼磨擦一样说出来，

给深夜中的太阳说出来，给你——我的另一个灵魂说出来

大地上的群鸟，你们在卵巢听到人类的梦吆，你们在黑夜里飞翔，

你们是在黑夜里识别世界的方向的神鸟，我真想与你们同类，与你们在黑夜里

飞翔——

让我也孵卵吧……

让我与你们同类吧……

让我……

我喜欢在梦里随意说几句话，那时候我的额头有红光闪烁——

那些话语，最终，编成一支唱给历史的歌。

（1990 年 4 月 13 日）

活着真好

疲惫铿然而来，你轰然躺下

为了追逐生活，你奔跑四方，让时间挤满胸膛，但你累了，厌倦了——

从自爱的迷惘陷入自虐的满足，你刺激即将木讷的脑颅

生命——将最深厚的奥妙留给死亡之后，再也听不见谁呼唤一声你的名字

一阵颤栗，在你体内摇晃起剧烈的震动，你的脑颅在升腾，血液由冰凌开始沸热

一束昏暗的烛光在摇晃，与浑浊的世界溶为一体

你在溟懵中复苏，迷梦中几点五颜六色的星光召唤你、引导你

黑暗渐渐退去，深渊从你内部的周身渐渐滑落

天地在你体内重新分开，沉重的眼帘慢慢打开，骨骼里有了柔动的感觉

你醒了——

太阳真红，树叶真绿，鸟儿为你鸣叫，鲜花为你开放

阳光多好呵，空气多么神奇，日月星辰都是你的

大江大河，春夏秋冬，五谷水草都是为你而准备的

这样倒在世界脚下的就成了死亡的尸体

而站立起来的是你，你正向世界走去——

活着多好啊！

顺着时间，往前走吧，不要计较任何得失，不要被困难和困惑压制生命的动力

只要自己认真地创造生活，感到生命充实地在体内流动

相信自己，相信生活，相信未来的日子有数不尽的乐趣和意义

寻找、挖掘、建立自己的生命价值工程吧！

一切的希望都寄托自身的生命能量和战胜困苦的能力

人，只为自己活着是卑微的，只为几个人活着是渺小的

人只有为更多的人至而为整个社会和人类活着，那才是多么的充实呵——

即使你一生平平凡凡，从没有过惊人的创举和诱人的伟业

只要自己从心灵和行为上为社会和人类尽了自己的努力

这不正就是一个完美的人生和灵魂！

加深生命的能量吧，让生命释放出的热量，戳焯出一生琅琅火花

（1990 年 5 月）

声音与自己

你千万别逃出你自己，

识辨自己就等于识辨了世界，

这是声音的内涵，是从耳根的心肉一脉相通的道路上，

都证实有一种声音，来自你之外的地方和世界之外的你本身；

新的自我，并不是不要我自己，

为了寻找新世界，人类常常丢掉自己，

伟大的个体是伟大宇宙的个体，我们是地球的主人，

我们是伟大地球人类和卑微的地球人类；

那个声音的光芒穿透了我的身躯，使一切遮掩的阴影刺透，

我裸露给光芒，一切一切的阴影，都真实地暴露给光明——

我看清了自身，从无数个方位用无数双眼睛，

我的眼睛流出了瞳仁里的血液，那血液染红了我自己，

为了拯救自己，为了活得像个真正的人——

谁给了我一条绳子，让我终身成为一名纤夫，注定永远与船相伴，

我听到一种声音——

当我吐露出自己贫瘠而富饶的历史，那泪水，

就干涸在宇宙的戈壁上，一望无际。

(1990 年 5 月 14 日)

母 亲

你就是那个生养了我，给我奶水，给我血液的女人

噢，女人，你的名字就是神圣的灵泉，妈妈，你就是圣泉中最美的花朵

就在我挥手远离告别的瞬间，我在你的目光里看见凄切、哀婉、失措的母爱

而我的道路要将我一生带到何方去——

我总在离你而去总在带走你的牵挂和祈祷

我总得到你双手抚育的岁月用眼睛和心灵护守的日子

慈爱的母亲啊，而我给予你的还会是什么呢？

是贫瘠的土地不再贫瘠，是遗失的时光不再遗失，是忧伤的花朵不再忧伤

我的痛苦就在这里——

面对母亲博大的胸怀，我的报答是多么的渺小啊——

(1990 年 5 月 22 日)

颤 栗

——致一位毛孩子

我是个毛孩子，

我的面颊和脚趾也布满漆黑的毛发；

我的再生，就是为了叫大地颤栗，

让空气重新涌动，让风帆冲过险浪——

我满身布满生命的欲望，

渴望大地像个大地的模样，人间像个真正的人间——

我是个毛孩啊，在世俗的眼中，像永远长不大而稚嫩的生命，

而我的再生是为了创造生命的奇迹——

我满身的荆棘叫虚伪胆怯，叫伪善的淫威来诅咒我，这才是我的快乐，

我是原始丛林的毛孩，我在横渡人类文明，而我就是人类最真诚的子孙——

(1990 年 5 月 22 日)

歌唱地球

像帆船离岸，你随着船身的移动而移动——

渐渐地脱离你臃重的凡体，寻觅你尚不泯没的太息，远别纷纭世事的脑际，

把一切困扰自由飘飞的重量彻底交给岸——你启航了

不要给自己树立目标，偌大的宇宙，把方向交给帆的张扬，你的迷惘会很快过去，

随之，空间越来越大，你微微发热的生命感觉，顿生一种恬淡的气息，

你顿觉清晰、明朗，你有了方向——

一些五颜六色的光点开始闪耀、旋转，你的方向永无止境，

童年时母亲的爱抚重新得以体验，曾经一次野游大自然的喜悦失而复得，

一切美好的事物和美妙的感受都复归而来，

你越加轻松、豁达、成熟，越加洞察生命是什么；

脑海中一闪一闪的光点，一种对世界恢复到最初状态的体验，

你浑身的空隙都打开了禁闭的窗口，一股清爽的风——吹进来了，

将沉积的浊气赶跑了，只把纯静留下；

你看到了天地、花草、树木、江河的气息都向你游来，

把你拉进它们深深的怀抱脉脉融化，

花的气息就是你的气息，河的气息就是你的气息，

这种气息最终温暖地托起你，轻轻向上升、上升、升——

朝前走，向宇宙任何方向观望，没有一丝的约束，

空间越来越广阔，无边无际，无始无终……

地球在你身后像个小泥球、星星像个米粒，闪烁的光点始终给你照亮宇宙四方，

一个盛大的圆形色彩空间包围了你，而你感受不到它的边际，

自己像大海中的一滴，随海涌动、漂浮；

你在无数光点组成的空间里旋转，最终从另一个角度发现了渺小的自己——

你猛然醒悟，看见了真正的伟大——你笑了，灵魂笑了，

呵，我的面孔就是大地给天空的面孔，

我的悲哀就是大地的悲哀，我的孤独就是人类的孤独，

我走向悲哀的时候，悲哀的影子远我而去，我走向孤独的时候，孤独从我脚下逃遁，

我歌唱地球啊，歌唱一切大地和宇宙的生命、星辰、尘埃，

我的渺小，在于我是宇宙中渺小的人类，我的伟大，在于我是地球上伟大的人类，

而不正是伟大孕育了渺小，渺小寓意了伟大！

(1990 年 6 月 8 日)

崇尚真实

恍惚中度日，岁月白驹过隙，灵魂淡薄如纸，

沉重的涵义，就是把生命的流逝，刻印在无法抹去的年代上，

那个走在黄昏街头的青年，扬一扬青春的额发，把纯洁的笑脸溶进头顶的天穹，

然后，顺手在路边垂下的柳枝上，摘下一枚柳叶，巧妙地衔在嘴唇，

吹响一声口哨——

那不正是拥有生命的真实写照！

真实是力量，是生命的光彩，谁偏离真，生活的美，就远离谁而去。

你痛苦吧，痛苦一万年，也是白痴，

漫长的体验是熬人的，就让它花费代价吧，别痛心，灵魂正在悄悄格斗，

世界就这样，历史其实就是你自己的心灵史，

社会发展的原动力，就在于你付诸实现的力量，就在于一次次矛盾的解放前进，

人，就是人的世界，真实的揭示吧，一切从真实出发。

活着，就是人的最大权力——

而更好地活着，是人类共同的追求和最大的愿望。

（1990 年 5 月）

血色黄昏

闭上眼睛你正向我奔来，那是白雪覆盖的冬季啊，

你还记得我曾经为你唱过的一首歌吧！

我的记忆正在用心勾勒着你的轮廓，

你的目光从遥远的时间背面注视着我，

我从你眼睛里看见焚化着自己的烛光，

而我的森林、河流和成熟了的草莓正在等待你的时光到来；

白纸上有无数的横道，是让我走向你的台阶吗？

我会踏上一阶阶的归途啊，

让我的汗水当作滋润你大地的雨露，把我日复一日岁月的影子，

闪烁给你、照耀给你、遗赠给你——

我不知道血色的黄昏，熬苦的时间，怎么度过这份真挚的生命；

此刻我珍爱这页素笺和这支握在手中的笔，还有这墨黑

的水，

　　它汇成的江河，定能载动世上一切石船，

　　从此我平静而安详我再也不困苦一切的不幸，

　　即使你永不再现，我也永不会绝望，

　　而去珍惜生命里有你蕴藏的感受。

　　　　　　　　（1990 年 5 月）

需　求

　　你说你被房子的需求阴影时刻笼罩着你现在的日子

　　面包、房子我们都需求，需求又是一种人的意志驱动器

　　在暗暗地驱使人去行动、去获得、去创造

　　需求，使人类迈出茂密的原始森林

　　需求，使人类社会从低级向高级形态发展

　　需求，使现代文明一次次得以革新、突变

　　满足与需求之间的距离是整个人类历来面临的鸿沟

　　是一个时代向一个时代进化的最原始动力

　　永无止境，应是需要追求的高尚境界

　　可一旦被需求压得人喘不过气来，这不正是人类的惨淡

　　而更悲哀的是人的欲壑难填，名誉、金钱、地位

　　贪得无厌，就成了需要走向堕落腐败的桥梁

　　需求成了永无止境的 XY

　　物质压倒了精神，而使精神在实现需求中百无聊赖、百废厌倦

　　精神被扭曲了，需要的意义走向反面

　　纯正的需要得不到满足，虚伪的需求越来越多

　　需求对我们意味着什么呢——

　　不让灵魂去做需求阴影的奴隶，而从需求的旋涡争脱出来——

　　朋友，千万别让欲望之需求黑圈套牢

　　　　　　　（1990 年 6 月 12 日）

初　潮

初潮莫名的兴起，每一次奋起的浪渤

只给胸脯留下月光和水草，耸起的肩膀，亮亮晶晶

铺开宽敞的胸怀，让退潮后的岸，散发着鱼腥的海味——

六月，夏天的热烈是一股岩溶的力，理智的按捺与自然的冲击交锋在炎热的温度

身如山脊，土如血肉，任大地的气息穿透厚厚的肩膀，火碱蕴入隆起的胸肌

江河决堤，大浪喷涌，无须以理智的缰绳去追赶群马之首

原野无边无际，生命意识无垠无亘

河的快感领悟了生命不曾领略的涵义，奔马以飞驰的铁蹄拓开了荒芜的空间

下陷的深渊有块净化尘土的天底，任你驰骋，任你遨游

而你蓦然回首——

发现生命之光正在体内照耀一切太阳照射不到的地方永恒生存！

（1990 年 6 月 17 日）

90 年留言

1.

你淋漓的真实，耐人寻味，超然于众的天性袒露，叫我十分珍重与你同度的日子。

2.

我要忘掉你，不然你的形象，在别后的岁月会来干扰我的记忆。

3.

缘合是美感。

4.

自我画像：生于腊八喝粥日，满脑糊涂。

生就一双钉子似的眼睛，想从朦胧中看透真实。

5.

善，是美的核心。

6.

言不谈论是非心里最清黑白，口不粘连乾坤腹内尽解阴阳。

7.

透过你高大的胸脯，

我看见了大海的影子。

（1990 年 7 月 13 日）

等　待

时光旧了，每天的日子依然来临。

等待是绝无仅有的出路，你等着，让时间来碾碎你的耐心——

有钱的出钱，有权的弄权，

你有的是耐心，你不愤懑，你不怒气冲天；

惯于在孤独中孤独，

惯于在寂寞中寂寞，

惯于在没有期待的等待中等待。

那是无源的水，那是无根的火，惟有——

光明等待着光明

黑暗等待着黑暗

等待虚伪的将是真理最后

的惩罚和历史最终的嘲讽。

（1990 年 9 月 8 日）

山

群山，荒野，远山有迷离的绿色云雾，

河是一条山涧冲刷出来的浅水，清粼粼的流，河底的石子，祷告苍天。

猛然看见山，高大伟岸，四周的空气因此而神秘，

群山窒息呼吸，我以人间的眼光注视——

我的肉眼失灵了，山，是高高的木杆上横七竖八插着毛竹，

我的眼睛背叛了我的灵魂，我的灵魂猛然间哑了——

山，早已隐蔽，隐蔽在草木、风沙、河流、牧场和苍鹰之后，

你来吧，给我赫赫战马，给我震天的呐喊，给我传说中的宝刀和气概；

山啊，英姿飒爽的美男，蕴藏于大草原之中的英雄，

你的肩膀和脊梁构成了大山和草原的完美气势，

山啊，我将在哪里找到你
呵——
　　呜呜——山——呜呜

　　　　　　（1990 年 9 月 25 日）

夜之吟

它对我的心说："渴求吧，你！"
　　　　　　　　　　——但丁

1.

　　黑夜的魔力把白昼烈日曝
晒的黄土高原搂入一个温暖的
梦境，世界像洗完澡的婴
儿——

　　也洗净了白昼落满心神的
灰尘，雨过之后的天空，有一点
星光，从高窗上望天空，不知那
星光之后，是否有你的目光；

　　当袅袅的音乐从世界四周
坠入我的骨隙，当我用灼热的
身躯去体验夜的时空，时空之
外的你，你的夜会被一阵颤栗
的热风拂过——你闭上眼睛会
看见我的到来。

2.

　　你弯弯的镰月，收割吧——

　　我的麦田黄浪飞滚，在等
候一把真正的金镰，你会一步
一个脚印，向农夫躬身问地；

　　我是你的麦，你割吧，麦田
里正是金灿灿的时光，真真实
实别让它有一点浪费，用你的
心，装满它的心；

　　而后你去打碾，你去粉碎，
在灵魂的铮磨中找到真正的麦
的灵魂——我们目睹的这片麦
地，正是最好的背景。

3.

　　我的呻吟以无比的痛楚向
你诉说——

　　不要揉碎它——我的心
说，让它自然蒂落，好比我的沉
静，不要碰它——它已惯于默
默无语。

　　就让夜这样流淌，真正感
到在你的世界一瞬也是一百
年，你就让它，在一百年的孤独
中死去，又被你一瞬召唤回来。

　　世界变得多余，而时间像
是刑场上的刀锋；

　　一道电光划过我的心胸，
我看见殷红的血慢慢渗出，蚀
得我脚下的土地也在颤抖；我

的土地啊，你将用什么回答——

你以你的生命证实了我的生命，而我将拿什么奉献给你的生命！

4.

我将以我的夜捕捉你的白昼和所有的日子，别让心留下一丝的空隙，别让沉重的失落，去占据它——

假如我所有的夜晚都将属于你，你将会打捞起沉沦到大海底的太阳，我们的太阳，金灿灿的太阳和我们的梦——

当你绵长的臂弯像山脉从我的项颈下穿过，我好似头枕着一条纯真的江河、温暖的江河、蕴藏生命无限深厚的江河；

——无尽的夜，满怀无尽的渴求与希望，即使痛苦的忧伤变得多么浓郁，都相伴诞生，滋长这生命奋发的冲动，不畏艰险的欲望和对人生从不放弃的信仰。

渴求吧，你！它对我的心说。

（1991年10月）

将军魂

甘肃省临潭县冶力关有一座山峰，侧影酷似头戴钢盔仰天长眠的将军，当地群众称"将军睡千年"，一九九零年秋夜宿目睹，明月当空，栩栩如生，印入脑海，耿耿系怀

——题记

将军——
三十功名尘与土，八千里路云和月——

大地之上谁是无名的英雄！山壑凝重，河川庄严，头枕着青青边关山埂，脚踏着中原大地；身下贴着一方热土，不散的英魂，让岁月开花，让泥土结果

千里的风，吹过原野，北国的雪，穿过岁月的云烟

将军——
大风起兮，云风扬
威加海内兮，归故乡——
那河声风声马蹄声，从云海茫茫的山峦里依稀震荡，或是十面埋伏、四面楚歌的悲壮

或是千军万马、赴汤蹈火

的雄武；那薄薄云霭、丝丝残阳，或是尚未退尽的烟火……

将军——

醉卧沙场君莫笑，古来征战几人回——

你，面对穹窿、望长城内外、山川莽莽、大河滔滔，似是立刀横马，仰天长啸；或是你闭目神静，缅怀往昔，忆峥嵘岁月，听，山川森林吟道：

大江东去，浪淘尽

千古风流人物

你仰天长眠，眉如剑峰、鼻似悬胆、口若刀削，身吞日月，大地深处腾起一般英雄气概，映照着人间苍桑！

将军——

朝雾托起你的衣襟，群鸟梳理你的鬓发胡须

晚霞映辉你的额头，为你镀上灿灿霞光

夜幕给你披上轻轻纱衾，天空留给你深远的空间

你已融于天、地之间，把血肉根植于身边的泥土、田畴、家园

身躯之中，轰隆隆有雷电的震动，淅沥沥有春雨的滋长，静悄悄有生命的簇生

将军——

你远离歌榭舞台、酒池樽前，繁华镜里，青山如壁，虚怀幽谷

你力拔山兮气盖世，心向苍海一片明月，山河之上，青云为你弄倩影

——将军拔剑南天起，我愿做长风绕战旗

高山流水，知音肺腑，千古绝唱，那是战马的诉说，那是战旗的仰慕，那是将士的讴歌

将军——

你躺着，壮烈铸成了血染的文字，鲜红的花朵如旗帜，填充了人间的精神，支撑着历史的河流——奔—涌—不—息

卑伪者怕见你的身躯，更何堪英烈豪迈的气势

墓碑，铭刻着热血沸腾的激昂与赫赫战功，泻胸的血，呕吐出斑斑诗句

你，本身就是一座壮怀激烈的丰碑，将与日月共存，天地共息——

（1992 年 10 月）

黑夜的海底

热浪袭来白昼煎熬的酷风，浮动的人海诅咒阳光地球仿佛要远上那广袤的天宇，

黄土散发着曝蚀之后的热量，烘烘拽起大地上熙熙攘攘困乏的人流，

物欲横流的年代朝夕万变的命运，在人性的荒漠上绿洲正在远我们而去。

夜以黑色的翅膀抚平了我红色的伤口——

我懔过天性的甘露，从灵魂轧开的裂缝喷射着我的感悟，

而我将在哪里找到你，孤独的你、真实的你、思想的你、博大的你。

我好似在这个深夜里只有蕴涵甘露，把自己隐含在黑夜的海底，

心，不用再苦劳了，让风化掉我一切的悲哀和希望，

谁也无须再寻找我的过去，无须再用清湛的宣言，把我推向沉浮不定的白昼。

（2000 年 9 月）

世纪之歌

1.

时光啊，我把那金子一般的年代掉在哪儿了——

我问天，天不语，我问地，地不言，可我知道，它们都去了哪儿里了，

今天的天空什么也没说，今天的大地什么也没言，可我知道它们把什么收藏起来了，

时光啊，我只是你真诚的孩子，可我怎样才能把自己奉献给你，

才让我一生不辜负生命的养育呢——

2.

世界潮流浩浩荡荡，世纪风流殇殇煌煌，

我把那历史看遍，尽是超前的洪流，我把那岁月看了，尽是沧海变桑田——

海浪啊，在你扬起强大风帆的时候，你可要警惕险恶的乌云，

在你把那浪潮举得更高的时候，你可要掀起那清廉之风；

3.

时光啊,我把这金子般的岁月丢进你一百年的瞬息之中了,

那只是宇宙的一道光亮,划过了我们的头顶呵——

我们把什么留下,把什么带走,无言的天空知道,不语的大地明了,

人类终将把什么留下,把什么带走,你能否向我回答——

那只是广漠沙海里的一粒,广袤海洋里的一粟,

尘埃落定之日,又是尘埃卷起之时;

4.

人类啊,我们同住一个旋转的星球,一个世纪的悄然而逝给我们什么警示——

森林是我们的肺叶,江河是我们的血液,岩石是我们的骨骼,土地是我们的肌肉,

和平就是我们生活最大的阳光和空气,

我们将珍惜大地之上的万物,我们将珍爱天空之下的精神,

人类的精神是天地之中最鲜活的灵魂、最美的花;

5.

如果生命的终点是永恒,那就让我从起点开始向永恒靠拢而求索,

如果生命的终端是平凡,那就让我从开端开始向平凡站齐而成思;

百年的希冀给人类万年的希望使生命在追索幸福中续延,

千年的伤痛教我们万代的思想让未来在崇尚和平中升华;

6.

看啊　——

世纪走来了,大地上会开出更多更美的花,

时光走来了,我们迎着新鲜的空气创造和珍惜绿色的生命之源,

大地走来了,未来里会有无数惊人的奇迹——

人们走来了,不同的肤色、不同的民族在同一个地球家园没有界线,

人类走来了,我们共唱一首歌——人类万岁!

(2000 年 12 月 31 日)

雪夜回眸

如果久旱之后的大雪给人间带来的只是宁静和安详

那就让今后的大地只渴望幸福和快乐吧——

这是大地接受的一次预示洗礼的赞歌

大雪降示给泥土收获粮食的机遇而并不是直接赏赐给机遇的粮食

大雪给了土地蕴藏五谷丰登的思想而并不是获取五谷的空想

今夜的雪呵，覆盖世上的万物，覆盖着人间的灯花，覆盖着大江南北

覆盖着琼楼玉宇，而宇宙为什么还要沉思呢！

如果大雪只给了人类丰收和喜悦，那你就别再在大地上取走思想和痛苦

大雪已给了我快乐我为何还要忧怀

大地已赏赐给我五谷我为何还要伤悲

今夜没有星光没有月亮，只有浩瀚的雪海，淹没了世界和我

而我不愿让今夜就此沉船——

我依然要找到你，尽管你已从我的心间无数次地一闪而过

尽管你已知道寻找你使我伤痛无限——

我只想把今夜雪的启示明了，只想和世上的人们一起回眸世纪之交这场大雪的降示

我只愿在这洁净的夜里和所有的人们品尝天空普降的甘霖和雨露

在今夜里，在这积雪俯抱、夜霭笼罩、人间烟火弥漫之时

就让我在寂静的雪地上矗立，回眸大地和你！

厚厚的绒雪覆压着一片苍茫的大地，覆压着沉入夜海的楼阁瓦舍、大厦陋屋

覆压着我静静的宅院、小草、树木、花根……

而它们在雪的怀抱中，正沉浸在世纪的演变中呢——

(2001 年 1 月 29 日)

第八辑

海之诗

爱国是中国历代诗人最持久、最崇高的感情。祖国之挚爱,忧患而炽热,如大海经历了磨难,从浴火重生中,展望和预示大海,必定"凤凰展翅、辉煌普天"。

岛 望

像

一尊

沉沦的

石船

台湾 台湾

历史的风帆

渗出一滴

浓浓的泪斑

台湾 台湾

久违多少年

剪不断

理还乱

何时

回

家

园

(1986 年 4 月 5 日)

中 秋

满盈的月华

照满了

离愁

空白的沟壑

千山万水

顿时

在你的相思里

氤氲成雾

繁星

闭上了所有的眼睛

宇宙

成了你梦萦的故乡

(1987 年 10 月 14 日)

二月中国

一只鸟

解开生命之绳上

古老的结子

二月 中国梦

飞飚西北

将有宏烈滚动——

一个中国的孩子

从历史的窗口

向窗外睥了一眼

在一个中午闪过一个念头

两个伟人或是巨人

正在握手

感觉到一阵疼痛

可　孩子的祖父
根本没从孩子的漏斗
看见底子下面的
金子

（1988 年 2 月）

中国 1988

致你喝一杯
中国式的咖啡你或许入眠
进入屈原或李白的境界
苍白的月亮倒挂在墙角
倾泻诗神的灵感
在中国　不用装饰
甚至不用好的装饰
在 1988 年想和一位伟人握手
去踏一踏中国的市场
不要多余的词句
以及西方经济中的形容词
市场是一张看不见的手
除此　还能揭示什么——
我想象着银行的营业厅
货币像水一般在点钞机上
哗哗流了进来又流了出去
如能像黄澄澄的种子

均匀地插入地中
又从大地上收进金灿灿的粮食
这中间货币就衍殖了真正的价值
而没有流向荒野和黑洞
我寻觅着从十八世纪的世界
到唐宋明清时期的中国
无论年轻的美国老牌式的英国
《共产党宣言》《资本论》《国富论》
都在寻觅规律和真理
而年代往往分辨不清
惟有历史把检验真理的标准
已辩证得很清楚

（1988 年 5 月）

【评语】　诗人伍德是学经济、金融专业出身的，其所处的年代正是中国经济政策的大变革时期，作者对经济与市场规律不无思考和探求，此诗可见豹斑之窥。

火车抵进北京城

火车抵进北京城
飞扬的车尘
卷起身后深深的森林
古老的村庄和苍劲的高原

轨道跑在岁月的长河里
八千里路云和月
时间掉失进永恒的烟波中
北京啊我的眼睛湿了

黄昏的太阳洒下
万道金光
红色染涂的云
占据着它的空间

青砖石瓦狮头龙檐
四合院里
一个国度的人们
正进行着晚餐

乳白色扇面的国际大厦
突兀成一座雕塑的鹰
展着坚实的翅膀
正追赶世界的跑道

啊北京　步履在大街上踏过
繁喧的夜
我听到无数交织的音响
组成同一首歌

火车抵进着你——
北京
你的黄昏
也是我的第一个黎明
　　　　　（1988 年 11 月 24 日）

鸟儿的愿望

1.

闭上的石扉
在深邃的道口
推出发芽的种子
鸟儿的愿望
在帆船上
望见百舸争流
旧式的木钟
奋拉呆若木鸡的眼神

岁月　会在中国的日历上
溅开响亮的雪浪

2.

还在深夜的幕屏上
望见你凸露的眼球
一幅风景
云霞蒸蒸
有一块石头
无言无语中享受平寂
幸福就是这样
汩汩滚动
几世几劫

3.

不知什么时候
时光在窗外

建筑起一群大厦
给我的窗口
画上了风景
海浪　在历史的羽下
翻起
一片亮丽的惊诧
填补
中国天空的伤口

4.
一个雪白的馒头
遗弃在楼道的角落

一首古诗
在台阶上　望着人们
踏来踏去的脚步
哭泣

一个馒头
是一座雪白的山
刺着人们的脊梁

5.
今夜　我们选择了这株树
沉默的语言
顺着古老的臂干
延伸到空际
天宇顿时
很低
冬夜的树林

不是没生长树叶

看　那些星星们
正是
连结在光秃的枝头上

6.
所谓爱情的素笺上
我不会写出
几个绚丽的字
那终会有
一把水果刀
去剥一个成熟的果子
或是雕塑者的武器
面对花岗岩
塑造
一个角度

7.
不会
是无怨无恨的离弃
不会
是背信弃义的拒绝
不会
是无缘无故的接收

会
是你维护的树
注定由你
自己亲手

种植

(1988 年 12 月)

中国轶事

圆明园

残壁上
张着一斑斑伤口
分明刻着斩钉截铁的字幕
落后必挨打

博物馆

绳子上
打着一个个疙瘩
留给后人
去解

故　宫

踏进红漆门
方知
几千年的堡垒
空空荡荡

颐和园

透过湖面的雾
铁链上
暗红色的玫瑰
正紧攥着
拳头

香　山

枫
一年一度
你把火红的誓言
寄给
谁

大观园

门槛易翻
梦
难解
人在梦中行
梦在处处
寻人

长　城

巨大的
墙

给世上所有的武器
竖起了——墓志铭

（1989 年 11 月）

手

我寻找
一只祖先丢失的
——手

活着
一只睁开的眼睛
盯着——
历史的脊背

从手心到书背
穿过长城的墙垛
穿过黄河的心脏

那眼睛里
迸出女娲
炼成火浆的
彩石光芒

藏在眼珠
背后的是
后羿的神弓

从上下五千年
那里
举起——
旌旗的神臂

把手心捏烫的希望
永远
袒露给
九颗太阳的天空

（1990 年 2 月）

今夜的祖国
——献给澳门回归之夜

祖国,今夜的祖国
世纪的天空打开
一扇红色的大门
历史如倒去的竹竿
粉碎在时间的齿轮里
神马飞驰
大地轰鸣
凤凰在祥云中展翅
黄龙在巨浪里翻腾
华表肃穆、江山巍峨
祖国呵,今夜的祖国
星光流彩
银河盛装

今夜
我们吟着《七子之歌》回家
回家,回家
秦砖汉瓦
祖国,祖国
今夜游子回家
我们面向天空宣言
中国要团圆
团圆,团圆
共举黄炎
我们面向时间宣言
中国革洗屈辱
我们面向世纪发誓
中国勇往直前

祖国
我是你今夜的一双眼睛
我是你历史天空中的一颗星辰
我是你今夜升起在澳门的一轮
　　明月
我是你紧握在中国公民手中的
　　一面国旗
我是你今夜手捧旗帜士兵军装
　　上的一枚纽扣
我是你今夜奏响国歌声中的一
　　码音符
我是你今夜为中国跳动的一颗
　　心脏
我是你的江河山川你的五湖四海
我是你大地上的五十六朵鲜花

祖国啊,今夜的祖国——
让我从你历经的沧桑中选择
我将择取你真理的宝石
献给新世纪的太阳

(1999 年 12 月 20 日)

望零丁洋

遥想零丁洋
就像看到郑成功的队伍在战场上
英勇顽强
旌旗飘扬
祖国就是将士的故乡

举望零丁洋
我就看见
郑和的船队
浩浩荡荡
驶向大海洋的远方
祖国这时
就像一轮喷薄的太阳
升起太平洋

举目零丁洋
就想到文天祥
他矗立在一艘船头
气宇轩昂

海浪打湿了衣裳
祖国这时
就是他的爷娘

望见零丁洋
我就想起
孙中山在这里奔忙
祖国这时
是他心中的一条巨龙
腾起东方

亲临零丁洋
我就想着
无数中华儿女
曾经在这里勾画蓝图
憧憬未来
奔波理想
祖国在他们心中
沸扬着火一样的热望

今天我只是祖国
一名普通的公民
就在我离开海峡的瞬间
心头油然涌出一股乡情
向着海峡对岸的岛屿
呼喊一声
哎　乡亲　别把
自己的根掉了

（2000 年 6 月）

白云深处

天空向我迎来
云把我和大地割开
远去了泥土　村庄和道路
我从宇宙看大地
白云深处黄土隐没
飘动的云
朵朵盛开的荷花
缕缕丝丝
梦境中飘浮
蓝蓝苍穹
云的出没如幻
投给大地云影和雨露
给人间吉祥
给人间阴凉
云把我和人间隔开
把我向天空送去

那是一个叫地球的星星
人类繁衍生息的地方
在缈缈银河
那就是我们的家园啊——
我从宇宙看大地
好似我从大地看宇宙
云海覆盖之下
有辛勤生活的父老乡亲
有可亲可爱的兄弟姐妹
有相知相忆的朋友知音

有我开着杏花的家院
有我做着午饭的女人
有我正熟睡梦境的孩子
就在我看不见的云海之下
就在我目光搜寻的远方
有一个地方就叫我的大地
有我的草原 牛羊和庄稼
有我土埋的祖先
有我新生的婴儿

地球啊——我的家园
大地啊——我的母亲
白云深处 茫茫宇宙
航机与我一起飞翔
我从天而降
我带着心头一汪痒痒的春水
从天而降——
正如一个离开母怀的婴儿投奔你
就像一只飞离巢穴的鸟儿投奔你
好似一枚派向春天的花朵投奔你
就如一颗扎向泥土的种子投奔你
投奔你——我的家园
投奔你——人类的大地

（2000 年 4 月 6 日）

海之诗

——致新世纪

1.

海 我来了 就在你身边
现在 我离你很近
在沙滩 在严冬的风里
我的窗就和你对话
夜 最深的时候
我们的话题
也伸向波浪的顶峰
当谁也不再吐出一个冗长的字节
我的心早已成了你海底的礁石
湮进了你硕大深邃的海岸
把我百年的苦恋
连做你千万年的海藻
与你构成生命默契的图案

2.

就让我做你海底的山脉
即使我任性的露出海面
一些凸立的小岛
也为了给你增添深远的风景
你用浪花舔舐我的身躯
你用风浪摇动着我的梦幻
我用梦幻编制出金色的花环
戴给你宽广的项湾博大的胸膛
就让你天性坦荡健行的风暴雷电
掀起冲天的水浪吧——

天空中还有谁跟你的英姿比美

3.

所有的陆地守卫着你
你用蔚蓝色的爱
浸润着大地的核曼和岩层
我是你大地的一粒尘埃
我是你海水的一粟分子
我是你脚下的泥沙石瓦
夜幕降临　威风飒飒
你睡吧　我将守卫你
守卫你的每一分领域
每一寸你头顶的天空
和每一秒时光
看啊　在你梦中熠熠闪烁的憧憬
将人类一切美好的事物
搂进你深厚的和谐之美
在脑际滚动碰撞
锤炼出思想的火花

4.

听　现在一切都已寂静
城市和远处的乡村
仿佛远离几世几劫
而奕奕沉思的面庞
棱角分明
勾勒出海的力度
世界和时间都留给了你
你闪动的眼帘
立于苍穹之下　遥视四方

目光如炬
穿透遥远的屏障迷雾暗礁
你的面庞显得那样年青而蓬勃
任凭希望毁灭一万次
都能再生一万次的憧憬
不管艰难与否　遥远与否
在那些生来
就是为了寻找幸福的人们心中
很早就树起了崇高的理想

5.

你咀英着豪迈的痛苦
不然在太阳下
定会晒成一具干瘪的僵尸
因理解你而挚爱你
因你的磨难和挫折
更加爱戴你
你的清高与骄傲
也充满生机和力量
给困惑和迷惘的心灵
簇生无限遐想
你那时而暴发几乎是排山倒海
　的激情
犹如五颜六色的火焰
跳跃喷射
像预言中的蟠龙喷出的火
毁灭虚伪的风帆
倾覆阴险的黑船
不满时就是波浪滔天
从不相信命运之舟覆灭

蕴藏真理的冲浪者——

6.

你悲哀过　为那阴沉年代
被厄运累倒的马
你嘲讽一切放在狭长贝壳里的
　梦幻
你酷爱一切把生命溶进大地的
　小草　溪流
而心灵向着茫茫宇宙的的灵魂
你以风暴浪潮的震撼
叫任何生命感受裂骨的疼痛
使伪善者触目惊心
给追求真理的勇士
让灵魂在烈日的炙烤中
熔炼生命实有的涵义

7.

你蕴藏着一切预言的历史
我无法再用表白
给你树起文字的长城
夜深了　只有枕着你
濡湿的大地和田野
你的声音清晰而洪钟有力
森茫平静的海面
熠熠闪烁的粼粼之光
与天空游荡的宇宙密码
息息交融　与流动的风
远方的森林　原野　男婴的呼吸
奏响共鸣出一种绝妙的音乐

给我热恋你的爱情旋涡
鸣奏起潺潺的旋律
涌——满——我的梦
留——在——我的——梦

8.

我的悲哀在于
爱你而远离你
我的幸福在于
远离你而属于你
我血脉里流淌的河流
有你咸腥的气息飘扬
你盐水里成长的礁石
支撑着我身躯里的骨骼
所有的河流归于你
归于你海纳百川的气节和胸襟
我溶于你时你正拥抱着我
让你每一湿润的水分
填满我相思的沟壑啊——
让你热烈奔放的激情
像催鞭千万匹蓝色的骏马
飞飚在广袤的海——岸

9.

你以宽大厚实的手掌
抚平了我苦恋你的心灵皱波
告别你　像宣言的雷雨
在雷电中嘶鸣
而我再也不会绝望
你把伟大和平凡的旗帜

高高举起在没有遮拦的天空
离别你　岂能远别蓝天
天空中有你隐藏的蓝图
看　那日出日落的景观
太阳的光辉与你的背影
熔画出的彩釉
犹如凤凰展翅
创造历史
昭示未来

（2000 年 10 月）

【评语】　这首诗是诗人伍德的代表之作，是融思想性、艺术性的一首经典之作，大气磅礴，想象开阔，诗歌艺术表达方式精准、独特，充分表达了对大海真挚的热爱。有读者说，这是一首对近代中国咏叹之大画卷，是一部诗歌版的《祖国交响曲》。

孩子，让我拉起你的手

——汶川大地震周年祭

那是一只稚嫩的小手
那是一只还紧攥着画笔的小手
那是一只伸出在废墟中的小手

犹如一朵沾着血泥的玫瑰花
让每一个的心灵哭泣滴血

孩子　我想拉起你的手
让我带你寻找爸爸妈妈
让我带你寻找回家的路
尽管天堂很美很好
你还是不愿离开自己的家

孩子　你没有走
你没有离开你的家
听爸爸妈妈在呼喊你寻找你
听全中国父母都在呼喊你
同学寻找你老师寻找你祖国在
　　寻找你

孩子　你别孤单你别害怕
亲人为你点亮了蜡烛
军人叔叔给你照明了探照灯
护士阿姨给你打开了手电筒
全中国人民为你点燃了一盏盏
　　心灯

你画个天空
天空里有无数的希望在飞舞
你画大海
大海在你的手中涌动时光的浪花
你画了双人类没有泪水的眼睛

孩子　你要走就微笑着走

我知道你有许多话要说
我知道你还有许多的事要做
你把歌声留下你已是永远快乐
　　的人
你把微笑带走你就是永远幸福
　　的人

孩子　祖国已拉起你的手
拉起跌倒的高楼
拉起你未来的向往憧憬
让希望的鸟儿永远陪伴着你
让温暖永驻你的心田

孩子　站起来　坚强站起来
让我们一起唱着心爱的《国歌》
起来　起来　起来
让我们紧跟着敬爱的祖国
前进　前进　前进　进

巴山夜雨

山岭雾罩
田地和盆川
一幅图画
在中国展开

山在城中
城在山上

葱葱绿绿
藏着楼阁烟云

江水啊
多少古人的笑容
蓦然回首
灯火阑珊处

今夜伫立江边
明月啊
无数风流人物
竞折腰

与谁共剪
西窗台上红烛照
却说
巴山夜雨时

触目滚滚长江
我爱你——
中国
而后我哭了

黄河谣

山　雄壮的脊骨
白土红山头
沟壑叠嶂的峡湾

水浪也向西流

赤日焱焱
云雾蒙蒙
荷花是姐妹
苞谷是兄弟

吆喝一声
群壑铮铮响
低吟一句
大雁已飞过头

长长的相思
被积压成九曲回肠
冲破　冲破
依然奔向海的方向

黄黄的皮肤
黑黑的头发
看山是父
见水是娘

忽听岸上花儿声——
龙的身子虎的头
宝剑插到三江口
逼了黄河水倒流

左边是黄河
右边是崖
搭上个云彩了看你来

阿哥是岸来妹是水

我家就在黄河边
爱　大河的浪涛
恋　碧空之明月
大河是我的血脉我的根

大地之恋

在那山岗上
烈日像油画般涂抹了一地
像我的青春散向天空
我任性地挥洒着草原上的云彩啊
像一匹烈马奔腾
你就是那绿色茸茸的草地
濡染了我的肉体和灵魂
被你追逐篱笆划破的衣裤和手指
现在还在记忆深处流血
我把伤痛揉进你的笑容里
舒展在大地上布满你的沟壑
你那山岗上的云彩和迷雾
还有你的气息你的呼吸
都在我的天空上烙上了印记
寂静的山岗流动的时光
河水依然绿肥红瘦
你的手和肩膀现在还疼吗
羊群在早晨的雾中饮水
那梳头的牧女在河岸上梳妆

流浪的人啊马的蹄声走远了
你把记忆丢进河里你把时光带走
青草葳蕤时光荏苒
再也看不见你的影子
只依然记得那山岗暮色茫茫
我的藩篱我的云朵啊
长着一张爱情的脸庞
闭着眼睛仿佛看见
那伤感的眼睛　忧郁的唇
还有那一轮银白的明月
让我站在那山岗上
如那棵苍翠的树
永远守望——
爱　我不敢靠近
只怕和你一起融化

母性的云彩

母性的云彩
游离我亘古的山脉
风是历史的文字
一切被诋毁的花
重放在梦乡的原野
太阳撕开了阴影
心灵纯净成一洼水银
一切凝结在理想的苦藤
祖露给一尘不染的天空
大地的花朵

寻觅久别的幸福之路
期待着你神圣的洗礼
土地酿造出蜜汁
天空孕育了雷雨
轰轰烈烈的电光
从陡崖上滚滚如浪
震动得大地每一骨节
疼痛　伸延　滋长
每一毛孔都在激扬
将忧患吐露成
枝头飘扬的棉丝
把愤怒熔炼成
片片醉人的高粱
岩石铸就的性格
布满了真诚的语言
太阳和月亮都在为你旋转
大地上的河流奏响倾诉的旋律

(1995 年 5 月)

华　山

孤峰兀立
吐日纳雾

阳刚气
险峻美
一躯雄劲

幽谷藏径
鹞子翻身
往事飘渺烟云

百尺崖
千尺幢
与谁共饮苍龙岭

太阳猩红
宇宙
一颗红樱桃

沉沉石峰
大地呻吟
裸岩生成脊梁

会当绝顶
五岳如莲
在神州升起

（1998 年 5 月 25 日）

昆 仑

我飞翔着　越过昆仑
飞到了美丽的哈瓦那
那里有椰子和芒果的家

又见埃及金字塔下
驼峰喧嚷　沙漠歌唱
在古巴比伦河岸
繁星璀璨　瑶池流光
回望昆仑撑起的云朵
好似智者的马镫
欲把天空蹬在脚下
而太阳之光　熔化成气
耸立洁白的云端
大地的乳房
雪莲就是真理的见证

如果我就是天空
就把掬满胸膛的情愫
雷电般倾泻给大地山脉
而后你就去寻找吧——
在每一片树叶和草根下
在一些泥土和水泊中
我把我藏进大地的造化里
你将会在千百年后的竹影中
找到那些竹叶般苍翠的诗行
不　仅仅是这不够不全美
就让我现在就是一缕清风
在你深深的一呼一吸里带走
把那心头涌满的一江春水
汩汩浇灌你永恒的田园
——大地之母啊！

（1998 年 8 月 31 日）

第七根肋条

诗是哲学的代言，也是历史的画轴。孔子曰："不学诗，无以言。"自人类有了诗歌，文明得以进步。以诗告白，直面人生，把一切不幸和幸福化做生活的甘露，赋予了生命高尚的气节和品质。

以诗告白

以诗告白
让灵魂说话
　　　——题记

1.

现在就让时间的铁树开花
我只是空间形成的一个三棱体
我把我所有的感觉
凝固在时间的断面
不往前视
也不回顾
只倾注现在的这只花瓣
让它说明一切
或是永恒或是即逝
我都沉静地保持自己的缄默
以诗告白
让灵魂说话
我的天性就是
把最强悍的力量
渗进我最淡泊的温柔

2.

我的诱惑在太阳之下
向你无数次地射出
最汹涌的箭
每发一次
都带走我生命的一部分

每一次的箭
都在削减我的树干
残缺的历程
在迸发的曲曲折折中
形成了我生命中
最壮观的风景

3.

我不伤痛什么
因为时间会顺着历史
像灵魂依附钢水之渠
狂风暴雨　大地震
以及宇宙爆炸那样的奇伟
都是自然而然的事
我的笑颜会使别人艳羡
我的因为痛苦而越加有神的眼睛
会使一切丑陋的灵魂
视为他们的天敌
我把我一切的热爱
交付给每天的日子
北方的原始群峰
南国的叶萌湖岸
脚下的土地和沧桑百度的人类
　　啊——

4.

武器　希望
盛水的瓷器和瓶子
瓶子以外的水和谷物
——都是我们

人　就是人类的希望
多少个千秋万代
我们寻找自己
战争与和平
推动和抑制
或是登峰造极
抑或堕入深渊
无数个年代
人类寻找自己

5.
我的陋室是平凡的
那永开不败的花
对应茶几上的铁烛台
那一截竖立的蜡烛
像一尊纪念碑
——顶天立地
如有一夜无电
我就去点亮它
这是既已确定的
无法更改得像我的脾性
空间硕大
将我熔炼成一块黑石
我刚硬的一面
此刻表现得
令我对生命十分满意
以至使我泪如泉涌

6.
我的记忆蓊郁一片

干戈的沙域
那是我所希冀与求索的
统统留下最后的余温
那还是渴望的部分
心已犹如纷片
漫天鸣笛
形如飞花

你是时光
在这空旷的天宇
我只有守卫着自己
天长日久
我愿以最长久的遗忘
去记忆你——

7.
爱　在有限的生命里
是多么渺小和高尚的事
空洞而又充实的时间隧道
都是业已深远的情节
世界是给你的
连同我夜天的每一粒星辰
而就在时光无数次的重叠中
给了我无比的疼痛
掘深出丰厚鲜亮的生命

也许　这正是
我生命的全部内容

（1990 年 10 月）

【评语】 清初诗论家叶(烨)说"诗之基,其人之胸襟是也",伍德此首诗包含的容量是大的、厚重的,充分表达了作者的一种大胸襟、大气度。"以诗告白/让灵魂说话"似乎就是诗人整体诗歌的宣言或则是宗旨。本诗从时空、天性、灵魂、人类、历史、记忆、你、痛楚、生命等多个维度去表达所想所感,以多视角展现和剖析了"以灵魂对诗歌的告白",最后以"也许/这正是/我生命的全部内容"为尾,戛然而止,耐人寻味。

诗人之死

一滴泪水退缩进瞳仁
一句话痉挛在衷肠
一次远征夭折在半途
一首诗空白在纸面

一洼雨水被烈日汲干
一兀白天鹅以羽毛焚化自己
一双手臂用自己的血液点燃成
　　红烛
一个希望被断开的地带埋葬

无月的夜空带走了纯真
空洞的文字无一丝慰藉
漂亮的辞藻被人用尽
真诚的话语无人听懂

爱情被世俗奸污
春天让盗贼践踏
真相被谎言出卖
童心用匕首恫猥

脸庞死了
微笑还活着
骨头死了
灵魂还活着

（1991 年 4 月）

【评语】 雨果的《悲惨世界》里说:"释放无限光明的是人心,制造无边黑暗的也是人的心,光明和黑暗交织着,厮杀着,这就是我们为之眷恋而又万般无奈的人世间。"诗人的"死"似乎预示着心灵光明和黑暗的较量、挣扎。正如诗人伍德所言,对于一个诗人而言,真正有价值的是骨气和灵魂。

诗与人

拿起诗
忘了时间和身外的世界

提起心
就在它的深渊　看见

时间的眼睛
和世界的积木板

（1990 年 8 月）

破碎的云彩

1.
回渡往事
有一只凶猛的毛虫
正噬咬
一只红苹果

就这样　心
被凿出
许多洞口

就在它的深渊
因绝望

而发现了
美

2.
水与火
在这个神秘的洞底
融合

有时
水　侵犯火
时而　火胜过水

3.
岩层
挖掘出很多天空
星星的痛苦
像疾病一般
打入了岩石的血肉

4.
顶着破碎的云彩
向前移动
也要完成壮烈的生命

只有品质
形成独特的自己

（1990 年 9 月）

旧　城

伸手不见五指
比夜更黑的是块石头
立于苍天

几粒稀星
几段残城
古色古香

唯一的嗅觉告诉我
每落一脚
都会有一寸撑脚的地壳

不致落入虚空
像太空人
倒游

看不见
四周的路
只知道留在大地上的道

（1990 年 2 月）

太阳与人

太阳
烤红的铁链

鞭笞
裸露的脊背

晒爆的皮肉
斑驳绽开的花

路人
躲着他

说那是
梅毒花

（1990 年 7 月 23 日）

围　棋

静静地沉入黑白世界
像潜入海底
几万年也不愿醒来
有时　下下围棋
是为重温一种过去的习惯
棋味很深
连着远古人的心境

棋景就能构成一生
摆好的棋盘
星星们都落下
一个的黑和一个的白
就是整个世界的内容
执棋不定已误了好多时光
黑与白本来很分明
只因光线难辨
就在棋盘上形成了无数是非
打劫飞入你的门下
金鸡独立
空中腹是个圈套
面对棋盘的事实
摆脱
就意味着堕落

　　注 "打劫""金鸡独立""空中腹"
均系围棋术语

（1990 年 12 月）

以时光盟誓

冬季的阳光均匀地涂在城墙上
城墙上有一些开过花的干枯树枝
那种阳光的颜色
像金子黄灿灿的流动
使人想起凡·高毕加索的油彩
此刻我的手背和它上面的阳光

身旁的花朵和青釉的瓷器花瓶
都像是被时光的水调和着一起
　流淌
坐在一九九六年的十二月的一天
独自喝茶或冥想现在的日子
阳光洒落一地——
既像洪水涌来又如大海退潮
前思故人后念来者想天地之悠悠
左瞻乾坤右顾沧桑虑世事之变幻
阳光如金阳光如粮阳光如食
享用阳光是一种奢侈的受赐

以时光盟誓　今天的日子很快
被明天的岁月覆盖
现在的日子会流逝得很远
天下熙熙皆为利来
天下攘攘皆为利往
我宁愿守着清贫的富有
而鄙弃世人富有的穷贫
拥有时光是人类拥有的真正财富
此刻　我坐在世纪末的冬日
一把简陋的木椅上
守着现在的日子
日子似溪涧流走
时光如潮水般涌来
又在身后遑遑奔去
洒下一路黄灿灿的金子

（1996 年 12 月）

医院的花朵

> 鲜花是肉体看的
> 纸花是死尸看的
> 枯花是灵魂看的
> ——题记

冬季世外的花关闭了眼睛
或者闭上了心灵封锁了肉体
像春天失去阳光带走温暖
医院里飘动着来来往往的花朵
各式各样的鲜花汇集这里
五彩缤纷的花瓣来这儿集合
像是花朵们在进行着集体婚礼
灵魂们登台表演时装节目
鲜花是送给生者的安慰
纸花是赠给死者的礼物
阴冷的风中花开得娇艳
温暖的病房花开得妩媚
花朵飘出枝头
花朵飘过绿叶
在我的窗台上花是一幅画像
春夏秋冬摇晃在我的眼珠里
花枝在我的眼前做出各种舞蹈
　的姿势
花瓣像无数弯曲的手指
表白或者演示花的语言
床头我的花已开败
开败的花点缀着冬天的窗棂

神往着寒冷的大地
一枝枯花在严冬里开放
也不失花的风范
枯枝败叶是另一种人间花朵
它的枝干更坚硬
它的色调愈加丰富
它的花瓣构勒着生命蕴藏的力度
宣泄在病院的空气里一派骨气

【评语】《论语》里说"知者乐水,仁者乐山"。古人讲悟道和修道的三个境界层次:一是见山是山,水是水;二是见山不是山,见水不是水;三是见山是山,见水是水。伍德的这首《医院的花朵》以诗的哲思揭示生与死的辩证关系和内在的必然联系,以及对生命的更高感悟。

(2002年1月)

与诗告别

1.
再见了　诗神和我的诗歌
再会吧　屈原雪莱莎士比亚
握别吧　李白歌德波德莱尔

我的脑颅已被繁杂事物挤满
我的肉体已被世俗侵蚀
我已扬弃了从前的我
我已从磨砺中找到了自己
找到了你——
你的真境我的花园
我来了我来了我来了

2.
到如今书和诗成了我今生最大
　　的财富
也成了我今世的最重负担和累赘
年迈的母亲说把你的书当纸卖
　　了吧
别再耗费你的身体和精神了
无奈的妻子说把你的诗当纸烧
　　了吧
别再损伤自己的脑子和心脏了
而我确实说过我的诗来自生活
　　就要归于生活
来自心灵就要归于心灵
我的灵魂我的日记我的花园
我的你们所明了的和不明了的
我的苦难和我的幸福我的真诚
我现在确要全部都交给你们
　　了——

我确实该走了——
我实在该上路了——

漫长的或者短暂的
我该走了——与诗告别
抛开人世的一切纷争和遗恨
从自投的炼狱中升华而出
生存　已使我们觉醒
到如今——
不吃药
我的肉体会死去
没有诗
我的精神就枯萎
以买药的货币换来诗歌
这不正是人类的自救和救自！

3.
再见了　给我智慧的黑夜
我将溶化进你的海洋里
你的游动就是我的游动
你的呼吸就是我的呼吸
你的存在就是我的存在
百万年过去了　哪里有你
哪里就有我幽灵的水草
我终于找到了
找到了你的纯净无染和慈祥博大
我将是你粒子中的粒子
你尘埃中的尘埃
你爱中的爱
你一瞬中的一瞬
你永恒中的永恒
我再不需要任何的灯火

来给我照亮内心的黑夜
我再不需要那些冰凉的星光
给我安慰　又给我绝望
当把我自己完全融化了的时候
我已是你光亮中的一束光亮
你黑夜中的一溯黑影
我就幸福地说——
我就是你了

4.
再见了　给了我温暖和思想的
　　阳光
你的光　照见过我的额角鬓发
照在了我的窗台和院落
照在了我的书架和花盆
照在了我吃过的五谷杂粮
照在了我每天翻过的日历
照在了我成长的年代里
照在了我黄皮肤的手背上
现在　我将随风而去
闭上我的肉眼
打开我的心眼
我是你阳光中的阳光
我是你黑夜中的黑夜
我是你黎明中的黎明
我是你黄昏中的黄昏
我把钥匙呈放在早晨的阳光里
我把衣服置放在中午的阳光里
我把写了二十年的诗稿

从箱底里全部翻出来
摆在黄昏阳台的木桌上
让它们在夕阳的潮水里
如鱼儿般重新复活
一个个蹦跳进你的海洋里
我确已找到你了
让它们来自于你　归于你
阳光啊　金灿灿的阳光
宇宙的阳光　温暖的阳光
当我把自己彻底地交给你的时候
我就幸福地说——
我就是你了

5.
我是多么感谢我拥有过的一切
既是痛苦　它把我的人生
挖掘出甘甜的泉水
我还会遗恨什么呢——
我现在已把我彻底的呈现给你
　　们了
这些文字就是我的心肺我的血肉
我的双手　我的双脚　我的头发
我的你所知晓的不知晓的
理解的不理解的
明亮的和灰暗的
真诚的和虚伪的
烁热的和冰凌的
理智的和放纵的
公开的和隐蔽的

全部交给你了——

我确已把这些隐藏的文字交给
　　你了

我确实证实了我曾经预言过的话

我确已把它们从封闭中打开了

我确实感到了灵魂需要接受它
　　的检阅

我确已把它们从痛苦中解救了

我确实把它们从心灵中放飞了

我确已把它们一一用手抚摸过了

我确实把它们交给你们了——

我如释重负

我心照不宣

我轻如鸿毛

我莫失莫忘

当你们完全的明了我的时候

我就幸福地说——

我——就——是——你——了

（2002 年 2 月 23 日）

【评语】 陀思妥耶夫斯基
说："我只担心一件事，就是怕
我配不上我所受的苦难。"索尔
仁尼琴说："一个作家的任务，
就是要涉及人类心灵和良心的
秘密，涉及生与死之间冲突的
秘密，涉及战胜精神痛苦的秘

密……"伍德的诗似乎一直是
在揭示苦难中的价值意义。与
其说是"与诗告别"，不如说是
一次对生活、生命"脱胎换骨"
式的反思，是精神境界的再一
次质的飞跃。从这点上说，诗，
成就了他，他也成就了诗。

幸福的花朵

我被恶魔追逐之后

智者在梦中出现

就在我罹难之中

那花朵在梦境中绽开

我好似再生般打开

灵魂一层层剥落

花朵一瓣瓣开放

我淋漓地出水而笑

那花是透明的花

沁人心脾与血肉交谈

那花以花的语言

向我传递了秘密

我再是谁呢——

海底里遨游

岸边上歇息
在天堂和地狱里放歌

昔日栽下的花根发芽了
甘枯已久的枝干上复苏了
我只是你梦境中的过客
而你以花的方式给了我幸福

我将再是谁呢——
没有过去
也没有未来
神奇的花朵已给了我安慰

我将从这花朵上行走
从这海水画出的航道上出发
只留给人间一句话
我把心境带走你把花朵留下

（2003 年 1 月 10 日）

【评语】 亚里士多德说："幸福是把灵魂安放在最适当的位置。"经过知、认、见，对自我和生命有了新的认知，寻找"灵魂安放在最适当的位置"，花朵再不是那个花朵了，生命从生到死，再从死到生，实现认知的第二次飞跃，方知道了什么是幸福。

夜　色

一个人蹚过河　横过地
从泥土里挣扎而生或死
都无人问津　空气和阳关
就让夜色把我埋葬

年代或者历史
一晃而过
鲜花和野草　匆匆湮灭
让大海把我再生

一个人的悲哀
不是一个的事情
让夜色把我分辨清楚
足迹和思想　变成淤泥

让我的骨头和肉体
去喂野狗和凶鱼
扔进海里
做最低的水草

到那时刻
看不见风和雨
粉碎了时光
只有这夜色如迷
浇灌了肉体
新生了灵魂

想念诗人

1.

世纪的风刮过

地上的山川

城市与乡村

穿过心灵的空隙

眼睛和手指

充斥贪婪和欲望

弥漫了世上所有的角落

诗人孤傲的风帆

惟见长江在天际流

2.

诗人——

你暂放青云的白鹿呢

高山流水的知音啊

你曾见久违的侍者

把笔临风流水曲觞

泼洒豪情壮志

闻鸡起剑

举杯邀明月

花间弄倩影

雕栏玉砌应犹在

怎叹春花秋月何时了

3.

几千年

高耸的清风旌帆

在何方飘扬

《诗经》《楚辞》

唐诗宋词元曲明赋

诗人的头颅

在何时低垂

惟有黯然销魂时

桃花流水窅然去

芳心向春尽

蓦然回首

那人却在灯火阑珊处

4.

屈子的骚

李白的酒

杜甫的忧

李唐的怨

鲁迅的怒

穿起了历史的脊梁

《史记》《通鉴》

在春秋的肩膀上呐喊

在乌云的额头颤栗

几千年的史册

如今司马知否

今夜苦恋地倾诉

5.

想念诗人——

那些青铜时代的梦想

秦砖汉瓦　清风古城
茶马古道和丝绸之路
黄河边关明月
沙漠孤烟驼铃声
长江边的纤夫号子
山舞银蛇的北国
顿失滔滔的江河
惟余莽莽的长城
燕山的雪片黄河的落日

6.

楚国的战马秦朝的汉
貂蝉的长发昭君的琵琶
把酒临风
不恐天上宫阙
拔剑起舞
甩袖撒花
抚琴吟诗
在黄河里娶妻
在长江里生子
诗人的风骨
磨亮了日月星辰

7.

诗人啊——
今夜想你
再无钢质的泪流出
只咽下　喉咙
一股血腥的唾液

前夜总是漫漫
号角总被奏响

【评语】　《毛诗大序》说
"情动于中而行于言，言之不
足,故嗟叹之"。伍德的这首诗,
从表面看,作者通过自古到今、
从内到外对诗人的咏叹，其实
是通过对诗人的思辨来深掘诗
歌精神的本质，从这种连贯的
本质中寻找和赞美诗歌精神的
高贵和品质，更进一步在弘扬
纯粹的诗人精神和纯洁美好的
诗歌能量。

自己的季节

每天都要去田地
看发芽和抽苗的故事
一些种子再也长不出来
五月的雨季
这是属于自己的季节
任何一次勇敢的创举
都给季节镀上黄金
锋磨和锤炼
血与火的洗礼
是神圣的天职

牙　疼

不是病的病最恶毒
从骨根到心肌　牵引
神经　千丝万缕
无法说清疼的滋味
牙的疼痛是一场劫难
即使在忍无可忍的时辰
一个人觥望天涯
豆大的眼泪　失控自落
谁是那个拯救的人——
你怎奈知道我的疼痛
除非有同样的经历
你就真正理解我的忍受

第七根肋条

1.

雪片失却耐心和等候
从空中砸到树木房顶和电线电缆
河床上的鹅卵石跳跃已久
冰川世纪家园　杜鹃鸣滴
还有埋葬在历史书册里的故事
石器　瓦罐　时光的镰刀玉简
都如滚滚红尘　烟花浮云
宇宙尘埃中的飞絮

在一个大雪纷飞的黎明
我还是梦见了你的沙漠
蜜枣　椰子　菩提树和山洞
还有驼铃和奔驰的马队
而后黄昏的残雪消融之归途
冬天和暗冰把我的肋骨咬断

2.

九龙璇玑是你的剑柄
绿宝石是爱情的宣言
剑锋上的光芒——
仿佛回到最初鸿蒙
在原始森林以及部落城堡里
东边放牧西边欢歌——
古道残阳西入崦
不叫落花沾酒盏
奈何时光入赘江河湖海
我们将会在哪里遇见——
以你柔软的手指安慰
那些受伤的骨骼那么疼吧——
唯有骨头连着骨头
唯有灵魂摆渡灵魂

3.

时光啊横断了银河和山脉
把躯体和灵魂摆渡在你的岸边
在暗冰上猛烈撞击
断裂地带我的肋骨底下
是血液通过心脏的那扇门

从此关闭不全　血液循环反流
启开那扇久闭不开的心扉
左右的房室电波在仪器上的舞蹈
仿佛鲜血从肝胆脾脏过滤排出
　江河
剑锋已经出鞘　魂魄顿时破窍
在猛烈撞击声里复活　那瞬间
惊遁相连的五脏六腑兄弟
抚摸着伤痛唱着安抚的歌——
宇宙传来心脏的跳跃旋律之音

4.
高速路上车流飞驰着时光隧道
如风在撒哈拉沙漠上行驰
雪在珠穆朗玛峰肆虐
海浪在阿拉斯加上空飞舞
我的肋骨在你的抚摸中
犹如钢琴的键盘呻吟抑或高歌
奏鸣一首《命运交响曲》
没有引力　物体自由飘浮
而我离地表心很近——
我的摆钟没有停止
速度越快　时间真的慢了吗
牛顿和爱因斯坦在泡茶思考
这不是一场试验的试验
那就是亚当夏娃的之恋
从肋骨条取下女人
有了伊甸园　蛇和苹果的故事
偷食禁果之后的漫长忏悔黑夜

苦苦几百年的彼此哭泣寻觅
那就是莲叶花瓣下的伤痕
只见划过无数个大千世界
从你的肋骨间盛开朵朵河莲

5.
透视之眼摄影出完整的骨骼
犹如钢筋网织锦缎般的框架
那是肉体穿透心灵的声音
是大地的核心彩华生命的组合图
精妙绝伦的世界
鲜血和花瓣的肉体串建筑工程
奇经八脉如宇宙的密码布满
太极图阴阳鱼在其中翱翔
一呼一吸在期间隐藏玄关
水木金火土相辅相成推运而生
永活之水汩汩流动光上之光
细胞壁上刻画银河系漫游指南
九大行星围绕太阳飞翔
从肋骨的疼痛里验证奇迹——
爱　一切所热爱的　乃至伤痛
　和不幸
在人间　活着并见证已经足够

6.
病榻上依然歌唱雪花和冬
　天——
梦境里一匹老虎一只绵羊出没
还有一只蓝色大狼

忽而狼在陷阱里哭泣　猎人取
　下狼牙
老虎和绵羊逃之夭夭
猎人哭了　我笑着安慰
恰是女娲补天归来　精卫填海
　回来
问　刚才听见谁的一声叹息
溅得大地落花四起　又听
宇宙黑洞里史蒂芬·霍金在讲
　演——
技术有望逆转工业化对地球的
　危害
有助于消除疾病和贫困
那静谧深刻的天空里
骨骼愈合伤口的声息沙沙作响
翩跹行走在第七根肋条上
我的躯体是你踩过的莲花
我的梦境是你吻过的百合

7.
第七个日子伤痛开出了花朵
我看见了你的笑容
穿过星河云海　一道闪电

犹如红海翻卷成了两半
从埃及印度划过喜马拉雅山
宇宙的光芒四射
多维度空间自己立体的胸膛
那骨骼的线条犹如流畅的旋律
　优美
像个蝴蝶般对称协调
分子　原子　质子正在急剧裂变
两个互不相干的量子
从遥远的光年感应纠缠
银河系的空洞和时间隧道一样
远方有橄榄油的灯光和太阳的
　余光
而我仅仅是一个站在地球上的凡人
一个会数自己骨骼的生灵
那肋骨下的疼痛　犹如殷红的
　江水
从荷花的腋下汩汩流过
见证人间
躲藏在宇宙的花瓣
犹如坐在母胎观望茫茫银河
繁星点点　春水初生

绿松石

　　松石翠玉之所以璀璨，是经历了锋磨苦寒之途，人生也如此，或许正是沧海桑田，千锤百炼，只要心怀热望，那怕淬炼出绿锈红斑,也将成为碧天宝石。

特快列车

一排排房子
一棵棵树木
都摔倒在身后的原野上
车轮把时光
碾个粉碎
抛向远方一盏盏
稀疏的灯
像我的诗句
斑斑点点
洒播在远方的荒漠上
漫长的夜晚
跋涉一个漫长的黎明
而阻止不住的是
时光的脚步
车窗玻璃上刚刚飘落的雨滴
很快被风牵走
甩出一道
倾向身后的泪痕斜线
钢铁铸的列车呵
我强忍着胸膛的热泪
而你怎么哭了
我捏一捏紧攥的拳头
想扯住那西风的衣裳
追逐它　就像
那个追赶太阳的男人
追逐时光
就是为了

把生命的烛光
燃烧得更旺

（1989 年 11 月）

人在旅途（一）

人在旅途
前不抵岸
后不着店

人在旅途
前没有时间
后不见岁月

万事如鱼
任凭生活的海洋打捞
晾晒在沙滩

昼不提防
夜不闭户

心搁在最高的山峰
风吹日晒
自自然然
真真实实

恨如旧烟

爱为新火　　　　　　只有高低的人

（1990 年 7 月 23 日）

5.

让站着的坐歇歇
解决一时的困
让坐着的起来一会
兴许传递一生的美

人在旅途（二）

6.

人给了你方便
你给了别人顺意
传递爱的能量
掀起蝴蝶效应

1.

来的来
去的去
有增有减
有生有灭

7.

有来有往
有上有下
不增不减
不生不灭

2.

属于你的车次
不叫也到
不属于你的道路
请也不来

3.

宁愿站着
坚持正确的方向
别让躺着
朝错误前进

天　羊

天羊腾云
落下碧空
天羊驰驰
踏星橐橐
天羊来仪
慰我平生

4.

不是硬座
就比卧铺低劣
没有贵贱的票

我心慰兮　　　　　　　　如今　活着抑或死亡
不诉自明　　　　　　　　头颅和细胞在天上还是地下
右掌滴血　　　　　　　　旋转　生长　繁殖还是枯萎
伤痕累累　　　　　　　　谁在宇宙的背面轻轻寻觅
天羊舔舔

我泪汪汪　　　　　　　　镜子里的自己
左手挥天　　　　　　　　水洼里的倒影　美丽的眼睛
抚羊绵绵　　　　　　　　嘴唇　手指和黑黝黝的头发
羊不言语　　　　　　　　梦想和未来在废墟上放歌
由表及里

苦海茫茫　　　　　　　　打碎阳春白雪晓风残月
心境脉脉　　　　　　　　砸烂象牙之塔和虚拟的世界
赠之玉带　　　　　　　　你是个纯粹的孩子
羊不受物　　　　　　　　一匹晶莹剔透的幽灵
留我笑意

天上人间　　　　　　　　诗歌死了　青蛙们来安葬
我欲乘去　　　　　　　　一群蚂蚁祈祷赞颂
东方晓白　　　　　　　　星星点灯照亮飞蛾的航向
　　　　　　　　　　　　萤火虫之舞送上了水晶之恋

（2001 年 6 月 20 日）

　　　　　　　　　　　　今夕何夕　骑鹤驾鹿
　　　　　　　　　　　　上天揽月　五洋捉鳖
　　　　　　　　　　　　穿越时空隧道
梦醒时分
　　　　　　　　　　　　天上人间

一块尘埃在宇宙之光落定　　　梦醒时分
一颗原子弹在目标之地爆炸　　地球村在宇宙滑过一个弧线
一只飞船在预定轨道发射　　　太阳落了升了
一枝花朵在无人知晓的角落绽放　月亮忠贞地旋转

如今的世界

爱情　时间　粮食　和平

都从我手里流过

一个追逐繁星的孩子

哭泣和呐喊都是多余

微弱的脉搏荡漾

海波涟漪　宇宙的心脏

暴风　雷电乃至海啸大地震

远古　瞬息刹那

一息千古　千古一息

如今　庭前种花屋后耕菜

人类的未来　闪烁不定

（2002 年 2 月）

渡

——题桥自照

远去

还是走来

寻觅

还是等候

天梯

从脚下升起

没有翅膀

却已飞远

登高

还是降临

宇宙湛蓝

天堂　不再遥远

途中

还是终点

云朵

驾一莲花乘骑

孤独

还是逍遥

遨游的眼神

飞跃巅峰

相遇

还是离去

白云是那一

天边的眷慕

瞻望

还是回首

蹉跎了岁月

耕耘了人生

凝聚

还是延续未来

石桥飞舟

跨越时空隧道

春光
霎时晚秋
留不住雪泥鸿爪
挡不住白驹过隙

转眼
就一生
转身
就一世

天高
你很低
日月装入衣袖
星河穿梭胸襟

云近
路很长
桥在渡你
你在渡桥

唯有——
永恒之上
天荒地老
须臾没有分离

【评语】 伍德的这首诗是站在或人生或人性的至高点进行反思，站在"桥上"，面对十字路口，自己是谁，去哪儿，是自己"渡"桥，还是桥在"渡"自己而进行思辨。

青果落了

六月的雨　风和雷
简陋的院落
老宅杏子树成荫
青青果儿挂满天空

年年开花岁岁结果
蜜蜂和蝴蝶
忠诚的恋人赴约而来
而不见你的影子

我在树底下种满百合
向日葵　爱情和玫瑰
青青的果儿砸在地面
破碎的影子里没有你

月亮出来了
紫藤花儿布满了架
窗棂里不见你的笑容
我闻见了春天身上的芬芳

夏天　我的心脏疼
药罐在绿叶底下煎熬

树从我眼睛里串出花儿
闻见淡淡的芍药和麝香

谁把玫瑰花的蕾晾干
放在玻璃瓶里
谁把白牡丹的花瓣阴好
收藏进瓷罐中

我只是看着青青的果儿
从天而降
砸得大地胆战心惊
也使自己伤痕累累

看不见自己

一切记忆蒙上了尘埃
而转过身找不到昨天的自己
大街　超市　人流
看不见看不见熟悉的面孔

世界怎么啦
人类怎么啦
我怎么啦
看不见自己　真的看不见

高楼大厦像森林崛起
森林像旧时光一样倒地
心灵像毛栗子

在烫沙锅里滚炒

我在哪儿——
站在十字路口喊
眼睛里布满血管和天空
谁把你装进口袋里带走

即使在幻想的梦里
遇见你　过了一世
注定孤独一生　而后你
骑着白马从我坟前走过

【评语】　苏格拉底说："认识你自己。"法国思想家蒙田说："世界上最重要的事情是认识自我。"阿拉伯谚语说："先天无我谁是我，今生有我我是谁。"可见认识自我的重要性。

奔驰的马队

天空
那是云朵和烟雾
泥土
更是前定与约会

那些山竖立着头
两边是高昂的肩膀

仿佛从历史中醒来
看见大地一群奔驰的马队

断裂的河
干枯的石头
滚滚烟尘
湮没了面孔和灵魂
语言荒废了——

无法表白
看人来人往
阅春去冬来

乡村　城堡　街道
粮食　牛羊　信仰
心儿里只有默诉着
冬天里的童话

没有了陌生和隔阂
正如飞来一只鸟雀
悄悄告诉你一个玄机
洪荒之力

心怀热爱
更具悲悯
即使走到尽头
也没有怨悔

半　夜

1.
窗户纸四处奔波
世界似乎与你无关
夜里看不见春色
我却把衣服脱了
挂在春天的篱笆上
有几只漂亮的羊
腿子细长　鱼一般游荡
夜　一位诱惑的美人
黑靓蔓延的裙裾
搂哄着人类入睡

2.
一张鲜活的面谱
那是路边遇见的风筝
牙齿很白
笑了笑就消失了
没有故事也没有情节
半夜入梦一具脸庞
与春天无关
与宇宙有关

3.
万物如此隐秘
我只需要光明和空气
人类与世界
不是你想的事情

风留在门外
跨过门槛这条河
看看就足了——

4.

春夏秋冬那不是季节
都从耳畔呼呼而过
播种和收获也不是定律
都哗哗从眼前飞掠
留下的是这条路
正在疾驰的道
——别无选择

5.

闭上眼睛　心依旧疼痛
去山巅登高望远
高楼似竹笋　人群如蜂蚁
名利是飞蛾　金钱如粪土
忽然听见一只鸟在叫——
罢了罢了
仿佛打了个口哨
就在时光里埋葬

6.

黎明时分看时间
是不是失忆了
没有痕迹可找
手机屏幕上
只是看见半夜的字句
半夜是谁啊——

推开窗帘
夜色诡异的笑
如梦　如梦
原来如此

7.

想想更觉幼稚
没有从前那回事
地球照样在转
没有那些人和物
世界依然存在
所以　别把自己当回事
原来世界也很简单
你无需发言和行走
墙壁和床单很白
粮食和精神充裕
静静地想一想
毕竟活着还是挺好

8.

活了个八百年
还这样单纯
所以始终长不大
却记住半夜的感想
忽然之间觉得
那仅是个象征
根本就没有时间存在
那些奇思妙想
和听到的这些
机器车轮心脏的杂音

鸟儿的鸣笛

乘着地球这条旧船
划过天河星海
不为精灵和天堂
只愿与你合一

时光不老

等你是漫长的回忆
在白昼我和太阳一起渴望
夜晚月亮也陪伴我寻找
爱人啊　我的心飞越了时光

等你是仔细回味幸福的华芳
煎熬和痛楚伤害了我的心脏
即使这样依然令人向往
你我拥有的每一分秒

走过了坎坷泥泞
度过了青春年少
爱人　我们归来依旧年青
从青春到暮年天荒地老

青春不老时光不老
让我们回到当年的岸边歌唱——
阳光沙滩仙人掌
还有一位老船长

早安,朋友

黎明推开夜的门楣
太阳在晨曦的宇宙　射线
万物欣欣然睁开双眼
朋友啊新的一天已经到来

黑暗之魂正在退却
道途在大地上已经迈开
劳作抑或奉献　青春依旧灿烂
朋友啊　早安　早安

一束鲜花正在含苞待放
一粒种子正在期待雨露
一颗心正在为你跳跃
朋友啊　世界由我们创造

陆地和海洋静静滑过太空
人类星球像一鸟儿飞翔
家园　空气　爱情　和平
懂得珍惜方拥永恒

历史已成昨天　怀抱未来
生命之树常绿
人类　同载一条命运之舟
朋友啊　有你不会孤单

早安　朋友　早安
迎着阳光和风雨向前

任凭江河翻涌风浪拍打
朗朗乾坤我们定达理想彼岸

回　家

天空破裂了口子　倒泄
村庄和牛羊　在泥泞中打滚
城市与车辆　在漩涡里打转
回家路上　有伞和无伞一样
乘车和无车相同
穿衣和未穿没有区别
湿漉漉的一个世界
天地万物都得　洗个澡
急雨骤歇　休眠的鱼
是否睁开眼睛
或者闭目养神　我不知道
只知道　雨停后
紫藤断了　杏树折了
你走了

雨中　耳朵空闲
耳鼓感觉敲打很猛
或是新生了一些事物
满是树叶贴画绿色夏季
瓦楞上打滴水
静谧的一滴雨
也打翻一船人
船沉了

一切离去
唯有泥土等候我
还有蚊子九足蝎和蛇蟒
更有清风和明月
在夏天装饰的窗棂里
天空分割成无数次
粉红色的伞帐
透露着背面绿色的叶子
倒在记忆的碎片里
眼泪重新复活——
这世界终会静下来

洪水退去
我们一起清理淤泥吧——
当找不到方舟搁浅大陆之地
或许这是唯一的救赎之旅
除此　我拿什么爱你——
让我伏在你的肩头
举目倾诉吧——
无论在过去　在今天
或许这是最后一步
或许一切就从今夜开始
地球　人类　你和我

草堂对话（组诗）

成都,把我睡了一夜

昨夜星辰昨夜风
成都在你潮湿的怀里
万分困倦　倒枕而眠
不知道睡了几世几劫
只记得白昼匆匆旅程
车轮与钢轨摩擦回响耳膜
烟雨蒙蒙一对撑伞的情侣
踩着湿绿的古街从我梦里横过
包围在两边和头顶的绿色
温柔的低眉　芊芊搂腰
迷离的视线被拉得很长
湿了头发淋了风尘
绿了芭蕉
红了梅酒

睡眼惺忪　半揉半扶
猛然掀过茜纱窗帘
满目高楼大厦　满眼烈阳
遮住我十二楼的窗头
今夕何夕　一不小心
成都把我睡了一夜——
满目翠绿
漫池荷莲
托起圣洁的花瓣
成了昨夜的新娘

成都成都
必定在这多雨多雾的季节
与你就此相遇

宽窄巷

宽窄云烟
青砖苔藓
从宽窄巷铺到三国
碧草蓝天
穿透历史的云烟
武侯祠西门
我站了多少个朝代
都成了云烟
望断南飞的雁
锦里的长袍
武侯的马褂
戏台上美人绣扇舞动
眼睛珠子在飞转
成都　成都
你的每一块砖
都散发故事
每一节挺拔的竹竿
都刻印着历史的斑驳
窄的是楼阁瓦舍
宽的是大江湖泊
却有道——
窄的是心
宽的是道

草堂对话

茅杆和破碎的青花瓷
从公元 759 年的冬天
注定是一介书生颠沛流离
草堂是妻子
河莲为儿女
荒野河莲游鹅
闲灯古筝棋子
知音故交
楚立此地
气节中伤国忧民
竹叶尚遗斑斑
吟诵着不朽的诗篇——
安得广厦千万间
大庇寒士俱欢颜

不敢回首盛唐
竹林沙沙　芭蕉依然
茅屋为秋风所破歌
杜哥杜哥竹酒笔伐
别来无恙
尚能饭否——
沉沉的石桥
深深的苔藓
青花瓷残片
在历史的墙壁上
刻画出草堂二字
风骨里却听见——

别君去兮何时还
且放白鹿青崖间

地　铁

一号线二号三号四号线
你的线我的线他的线
都交织汇合这里
人流汇集　你我相逢
车辆飞驰　微微摇动
我在看　你
你在看　手机
当你抬头看我
我正在望飞驰的时光隧道
而后　所有的故事开始
在空空的站头
背负行囊的兄弟
我们无须相识
你有你的轨道
我有我的方向
在挥别的瞬间
你笑了
世界就笑了——

遇见张大千

匆匆忙忙赶时
踏进博物馆的门槛
猛然抬头只见你张大千
气质昂轩长须飘扬

在荧屏上谈笑风生
先生先生您好——
这么多真迹墨宝
迎面扑来　如风似醉
您用色彩釉
劲力的线条
将甘肃和四川连结
敦煌与世界并蒂
目睹您飘逸的白须
看到沙漠里的风沙
千年不朽的胡杨

蝉

云和月
躲进蓝天的背后
问苍茫茫大地
谁鸣空桑林
从远古到如今
耳畔如哨兵
齐刷刷鸣奏
只听音曲
不见璇玑
蝉啊蝉
等你一万年
只见树木不见森林
只听声音
不见夏天
蝉
懂得了你的意
你明了

我的心吗

都江堰

没有了时间去看你
却见一对硬铮铮的父子
铁骨敲打我的脑门
没去　峨眉山
那云海仙踪却印在额头
秋月绿灯
更裸露在山山水水的手心
何处寻觅桃源
和那三结义的弟兄
今晚不醉不还

滚滚红尘
石桥窝波
夕阳是貂蝉的胭脂
晨曦是吕布的马蹄
何看三顾茅庐
隆中对歌
把吴戈看遍
尽是英雄泪

执　手

在冬天遇见冰雪
恰似梨花带雨扑面
在惠风和畅之时
相望曾执手的感觉

花瓣在玻璃杯里自醉
恍然照见倩影里的芳华
在时光老去之时
魂香已铭刻在素笺书心
笑谈这一世的涅槃
在风清月白之时
怔照五蕴皆空的枝叶
真容自比春秋误
错别十里追不及
在山花烂漫之时
牵绊云霄一起欢笑
春不倾诉
花自飘香

绿松石

天空藏着大海
隐约看见碧涛巨浪
一只小小鸟衔着橄榄枝
翱翔在银河的星朵上

那晶莹剔透的泪珠儿
陨落大地儿万年——
在岩层里扎根
风磨中成长

绿松石　绿松石——
天堂里的珠宝
坚如玉　蓝于天
赛过今世里的珍珠玛瑙

天堂鸟　天堂鸟
在寻觅永恒和安宁
幸福的家园　甜美的恋人
宽阔的胸脯　娇娆的嘴唇

隐藏的爱　无人知晓
那是千万年前的一次约定
修炼的正果
永不言弃

绿松石　绿松石
生命的彩釉
犹如百万年前一朵雪莲
绽开在梦境的海底

绿松石　绿松石
血管流淌的万马奔腾
在每一匹马的额头
闪烁绿色的智慧

生命的养料和颜色
在风浪中鸣笛福音
生命的铜臂和铁堑
任凭腐烂几万年

锈斑如花风雨磨砺
铸就绚丽的年轮
无论野草和蔓藤侵蚀
你就是今世的见证

心境花园

　　蜜蜂在花园里采撷蜜汁是为了对生命的报答和春天的感恩，而智慧的认知使心灵在觉悟与见证中得以升华。芸芸众生，大千世界，唯有寻找到爱的阳光雨露，经过心境花园的磨砺，方达真境花园的彼岸。

心境花园

1.
落日, 背在牦牛的脊檩
黑牛的角, 顶着天幕

2.
层层的云, 簇簇的草
黄昏天边一抹血阳

3.
流动的峰, 惊腾的河
放浪形骸是横亘的旷野

4.
天苍慈祥的面孔收敛深厚
冰霜在她脸上讴歌

5.
牧人啊, 那风霜的剑
佩带在你的腰间使严冬倒下

6.
脚步走过的路
没有坦途——只要走便是路

7.
人生在幽暗的山坳里
掘出沉甸甸的生命

8.
你的气息贯通天地
离离原上草不再孤独

9.
夜是一顶黑色的帐篷
风, 在四处鸣奏

10.
当所有的声音平息了
剑, 还在呻吟

11.
飘起的是萧萧秋叶
从新的世界, 找到真正的季节

12.
草地的梦, 吹醒之后
风在剑上截断

13.
爱在草原上
是幽蓝的花朵

14.
花朵一直包含着
怒放的季节

15.
爱一直望着青黛的山脉

而山峰很远

16.
花朵不要言传
爱情不用表白

17.
凋谢也投入山峰
梦里有一缕幽香

18.
钩月,牵引心脉
记忆很满

19.
故人婵娟
铮玄知音

20.
人和人相离
梦与梦相融

21.
河的崎岖
给大地倾诉了什么

22.
枯木荒山
风也停止流动

23.
撕开这伪善吧——
大地的主宰者

24.
冰,不要走近我
我定要融化你

25.
天边,我望见你的肩
曼延地平线

26.
梦境中的栅栏
横挡你篱笆中的花朵和绵羊

27.
我的爱
永不熄灭

28.
爱情的季节
花朵就这样凋谢

29.
愤怒
我的眼球破裂

30.
黑的伞正在潮湿

你把夜攥在手里问我晚安

31.
满天星辰,使我十分悼念
曾经辉煌而过的暮色

32.
熠熠闪亮的水波
吻着残缺的河岸线

33.
大地的雨露
沾染空山游荡的云彩

34.
汤汤的河呵——
你把根渗入泥土的胸脯

35.
血脉与草地的骨骼相连
流过天穹和南飞的大雁

36.
野有蔓草
心有绿云

37.
五月的春啊
像个绿狐狸在草原上串游

38.
时光湮没掉的不仅仅是记忆
时光涵盖了一切生命的历程

39.
时光啊,像一把锋利的宝剑
公正事实,去伪存真

40.
谁和真理站在一起
就是照耀天地的宝剑

41.
你不该站在树下
成为我梦的风景

42.
走不出的梦境萦绕干涸的脑际
在沙滩戈壁移植出一片绿洲

43.
人生不是梦
但梦离不开人生

44.
梦不再是虚无
梦是生命的花蕊

45.
起航吧,新月———

面向群星和你身后的陆地、海洋

46.
风筝,你不属于我的视线
我也跟踪不上你的方向

47.
鹰,你飞就飞吧——
天空里毕竟还有辽阔的日子

48.
我在河岸找些长草做个窝巢
等一只天鹅产卵

49.
等我恢复形体就毅然上路
可我深深悲哀这段距离

50.
精子在宫中坐胎
导弹在发射架上卧眠

51.
当圣水濯成一爿完整的形态
灵魂就被震慑而出

52.
骏马,一匹胭脂马
早已穿透我的胸膛

53.
你走过的时候我分不清季节
只觉得你的皮肤比秋天还黄

54.
那只鱼死在秋天的早晨
磷火已在腐烂的骸骨深处骚动

55.
瀑布在悬崖上形成自我
没有曲折就没有绚丽的人生

56.
一切成熟的果实
终将在属于它的季节落地

57.
生命是个巨大的秘密
活着都有活着的意义

58.
没有伟大的痛苦
就没有伟大的民族

59.
我们从迷林走过
看见我们的岁月源远流长

60.
少年,我们的梦境开满油菜花

有只蝴蝶愿做永不长大的孩子

61.
那条河没有禁区
那个季节的果实苦涩而清香

62.
草原的尽头
蝙蝠、马蝇和虻蚱在歌唱

63.
精灵,他的裸体上
众鸟栖息

64.
草原深处
野兽也因孤寂而温顺

65.
深夜一匹狐狸来舔舐我的指甲
天使来追逐我年青的生命

66.
梦,层层围住我
我成为童话的主人

67.
没有告别的分离
拉长了离情的音符

68.
迎接你的将是水的洗礼
水如圣语

69.
幸福能回答的一切
不幸比它更深沉

70.
尽管信念布满坎坷
而我为何还要奋不顾身呢

71.
玫瑰,春天的名字
叩响地球的心扉

72.
我是歌手,我的胸膛里
装满愤怒与热流

73.
我的歌喉
有你桂花树的风涛

74.
诗人,生就一双钉子似的眼睛
想从朦胧中看透真实

75.
泪花从瞳仁里破土而出

火焰冷却了,冰川就这样崩溃

76.

青年,我们的心

没有句号

77.

那个季节多云

雨是不停的情怀

78.

今夜,泪花闪烁

见你从遥远的岸边翩翩而来

79.

归来哟,你在岸的那边

让我的眼帘成为你海边的风景线

80.

你说你数不清天上的繁星

我说我看清了你眼里的星辰

81.

假如那棵树倒塌了

你会数清我留在大地上的脚印吗

82.

海棠的花蕊再也禁不住风的

　　诱惑

垂下娇娆的红颜哭泣

83.

藤条——你这攀龙附凤的伪君子

你这六月的盗贼

84.

每一次宛如春风的叹息

震落天空无数颗牛郎织女星

85.

你唇边的弧线

收藏着岁月的爱恋

86.

我无叹息的梦幻上

你的美德是花朵

87.

七月,若我要跟随你的步伐

我就得学会沉默

88.

爱人,就让我的文字

成为你夜天的繁星吧——

89.

人在椅上微笑

心为远方流泪

90.

在我心境的深深海洋里

盛开着一朵亿万年前的荷花

91.
兄弟,不要哭
让心儿自由飞翔吧

92.
掠过草尖上的风
那就是我匆匆的一吻

93.
在草原的山石间
开着一种深黄色的野罂粟——
　虞美人

94.
少男吻着花蒂
将心事吐成一个个美丽的圆圈

95.
雏鸟,那众说华丽的鸟
到处宣扬葡萄是酸的

96.
就让人们去说吧!
我已惯于风风雨雨

97.
别恨我,我喜欢——
让远离我而属于我的夜爱我

98.
爱人,我蓄着黑栩栩的森林
蓄给你——黑色的海洋

99.
当时光带走我们的一分一秒
我等待着你乘风破浪

100.
当一股清泉涌出大地
我听见袅袅音乐从大地内部奏响

101.
一位老人在岁末看我少年的窗棂
我顺着布满他脸上的小路走了
　很远

102.
最后,或说
有多少光就发多少热

103.
无诗的日子
一只巨大的蝇,飞来又飞走

104.
恶狼,黑厚者和人身狮面兽
在迷津的渡口挡住我——智慧
　高于贪婪

105.
所以，我的眼珠夜夜成为轮子
驾着明天的太阳，风尘仆仆寻
　　找你

106.
你在哪儿，我灵魂的宫玺
是谁遏制了我的翅膀

107.
看！你来了——太阳
在最高的山巅上画出一片金黄

108.
啊啊，我看清了真正的太阳
来自宇宙的太阳，尽管它刺伤
　　了我的眼睛

109.
雨说，我爱你
而后吻着那太阳的黑子

110.
每一片雪，都能带回一个冬天
那被时光融化了的往事

111.
雪山啊，你纯白的语言
依偎在蓝天的胸膛

112.
独坐黄昏，树或鸟无言无语
等一把伞，从枝头飘走

113.
或许时光一段段地割开
或许灵魂一层层地剥落

114.
时代惟独在历史的河面
把自己的面孔洗清

115.
很高的天空也有眼睛
谁在大地上找到遗失的名字

116.
花在树下，人在伞下
树是花的伞，人是花的梦

117.
"今夜我很美丽"
——这是花的语言吗

118.
死亡像个美丽的恋人
在人生的某一个驿站等候着我

119.
落日,驮在西行的驼峰上
诗人,探寻久远的沙漠之花

120.
小草啊小草——
今生你为我,来世我为你

121.
兰花呵,养育了多年的花草之灵
你以开花和芳香的方式安慰了
　我的心灵

122.
在我的耳里,婴儿的哭啼
跟鸟儿的歌声一样动人

123.
而真理之光
如日钧光芒四射

124.
孩子,你把你成长的时光藏在
　哪里了
我知道藏进你眸子里的光泽了

125.
孩子,你看见故乡的麦垛背面
　升起的月亮了吗
你会看见那天上的泪水一滴滴

打在你脚上

126.
两片云在空中相遇
霎时又飘走了

127.
寻找自己是苦难
清高的日子,平凡的岁月

128.
七月,堆积在天穹下墨绿色的
　粮食叫草原
七月,漫游在大地上草绿色的
　空气叫草原

129.
明月如圣洁的白莲照过草山绿水
草原你就是大地的肺叶

130.
忍耐是素质
沉默体现出智慧

131.
罂粟花,美好的花姿掩盖了噬
　人的毒素
一切腐败终将肌体朽烂

132.
孩子,你那甜美的一笑
像水波一直穿透我的心田

133.
孩子，我听见了远方传来你的
　　声音
那是打碎了时间和空间的呼唤

134.
孩子们的梦都是幸福的乐园
如长翅的蝴蝶飞舞在花之上

135.
孩子,那些梦境中的花朵开着
开在了我的胸膛之上

136.
而孩子,你常常凝视的天空
太阳和月亮不正是宇宙的孩子么

137.
孩子,我常常在深夜的梦里
看见你和星星月亮正做游戏呢

138.
梦里我抬头望天空
那些星辰被射似的四处奔波

139.
我的内心很忧伤
天空把我的目光牵引得更深长

140.
两个梦在黑夜里拥抱
瞬间化为泡影

141.
我常抚摸着疼痛的双肩
忽然一夜长出了一双洁白的翅膀

142.
于是我飞翔了,张开翅膀
大地上留下了我的身影

143.
这样的时辰,语言无用了
你就让我静静地思想吧——

144.
那宇宙黑洞吸食了星朵尘埃
就把我的胳臂当成你的地平线吧

145.
在鱼目混珠的夜海里
珍珠,保持自己最后的圣洁

146.
种子在宇宙的同一个方向洒落

从东方到西方

147.
燃烧吧,火焰——
太阳将从新世纪的东方——升起

148.
火焰呵,中国之火焰
将给世界一个奇迹

149.
当我检验自己的时候
它确实一直守候在我的身上

150.
如果没有生命
梦也成了无源之水而枯歇泯灭

151.
智者匍匐在高原的黄土窝里
在那里有许多祈求至道的殿堂

152.
如果我是天空就把掬满胸膛的
　　情愫
雷雨般倾泻给大地山河

153.
而后,你在每一滴雨露和每一
　　苗草根里寻找吧

我把我藏进大地的造化中了

154.
在失去双翼之后,我再找不到它
宛如一位落魄的肉躯

155.
闭上眼睛有无数五彩的星点旋
　　转宇宙空间
那种体验的出现给了我此生的
　　灵性

156.
逝者,把我拉入深蓝的海底
我们像鱼类追逐遨游,海草从
　　我们臂间舞蹈

157.
今世你没能看清我
即使我以最善的目光曾暗示你

158.
几百年后　愿我们相遇
在一棵结满果子的树下喝茶

159.
两颗心撞在了一起
火花中惺惺惜惺惺

160.
我不存在时，时光依然存在
时光不存在时，我将在哪儿——

161.
沉浸在雨的沐浴中
那雨如甘露如乳汁

162.
打磨亮心的灯罩
光明就显现

163.
我把翅膀展开了
羽毛在风的滑翔里成长

164.
那个受抑郁的灵魂在河岸边饮水
那痛苦的脸庞向河水祈祷着

165.
他受了一条鱼的诱惑
在一棵大树下入眠

166.
一只大蟒逡巡而来
把他缠了又缠，他却抚摸着它
　　的腰

167.
智者说，你把一掉进一中了
我想那些时光准是丢进永恒的
　　烟波里了

168.
如果现在我就是你的一缕清风了
那就在你深深的一呼一吸里带
　　走我

169.
我把我自己归还给你
你把我自己还原给我

170.
当我重返人间，与流失的时光
　　重叠
我看见了自己的童年和暮年

171.
我把人生切开看
看它每一个断面和每一个瞬间
　　灵魂的颜色

172.
在人性的天平上每一位身披长
　　服的歌者
都想把灵魂的剑举得更高

173.
孩子，阳光照射向日葵的叶片
　　油画般涂上彩釉
时光凝聚在叶片上面等待你的
　　发现呢

174.
时空的花园里嫩绿的藤条把枝
　　儿攀得更高
空气在叶片上亮晶晶地流动

175.
我闭着的眼睛里
装着没有黑夜的世界

176.
明月像一匹银色的马在天空奔驰
真想驾着那匹宝马与时光并驾
　　齐驱

177.
冰山，你思想的泪水
以河的方式纵横大地

178.
白雪终究归于白雪
污泥终究属于污泥

179.
孩子，望着高高的树和树背后

蓝蓝的天
它们像是从天而降覆盖我们的
　　胸膛

180.
明月啊，你用一把历史和岁月
　　的长箫
吹开了长满草艾和铜锈的心灵

181.
父啊，你已归于天堂
还在牵挂人间的地狱

182.
人类，放下武器——
地球只是宇宙的一块尘埃

183.
草地，把脸伸给太阳温暖如吻
把双手伸进春水，春潮涌进血
　　管奔流

184.
离别后的日子
你被珍藏进一只方舟里了

185.
我已不是从前的我
可那灵魂的光亮依旧照着

186.
在你眼里的我是什么呢——
把我还给我吧

187.
世界啊,世界的心灵在哪儿
爱恋啊,爱恋的人儿在哪里

188.
看看吧,在我们身后
时光在飞逝,而道路在延伸

189.
孩子,在绿色的风中睡着吧
瞧——天空中晚霞已挽留了繁星

190.
燕子飞走的时候
晚霞还在枝头徘徊

191.
追踪天上的明月
给了我多愁善感的眼睛

192.
我的忧郁呵被你点燃
一支蜡烛燃烧着, 光芒向四方
　　纷纷延伸

193.
而后我说,等等我
让灵魂也展翅飞翔吧——

194.
孩子,时间被你藏住了
连我也藏进了你的眼睛里了吗

195.
孩子,夜空里有许多流动的风
星星们如花朵开放, 那都是月
　　亮的孩子

196.
在纯粹的夜里
炼出了雪亮的眼睛

197.
举鞭过草原
不见露出火红的笑脸

198.
我对着苍然的暮色说
爱人,跟我回家——

199.
深夜,风跟狼们交谈
看看他们的兽性是否增进

200.
我要带你去看海
让那海水染蓝我们的皮肤

201.
大海里有草原的影子
渴望海洋像羊羔渴望母羊的乳头

202.
孩子,在隆冬的夜里
在你雪亮的眼底里我看见了自
　己的面孔

203.
可爱的鸟儿哟
你走了就留下了你的微笑

204.
天堂也即现在
现在也即天堂

205.
在珍贵的晚间
你确实在梦境里以新月给我启示

206.
人们惊恐地望着天空
冰块像玻璃碎落下来，然后天
　又晴了

207.
那梦境中的洪水淹没了田地
那人吆喝让我骑在树木上

208.
一个女人在岸边梳着长长的黑发
她低着眉说我就是你童年的伙伴

209.
我始终跋行在陡峭的山崖上
使我的心脏在梦中常常有飞落
　的感觉

210.
在月光的背后
你引导我上路

211.
孩子,世纪的风吹来了
一道道门打开了，一枝枝花开
　放了

212.
真理从来不煊赫
真理如洪

213.
今夜世界摇晃着,万物摇晃着
摇晃着喜马拉雅山的雪光和阿
　拉伯沙漠的云烟

214.
宇宙把什么藏起来了
摇动着不变的日月而变是它永
　　恒的规则

215.
孩子,我们赶——
赶历史赶未来赶上宇宙飞速的
　　跑道

216.
一万年不会太久
人类只争朝夕

217.
当灵魂在锋磨中闪光
我正实现着我自己

218.
用你的足迹踏遍我的大地吧
我支离破碎的梦境也有浑圆的
　　云彩

219.
一切像浪潮正在退却
一万年不会太久

220.
所有的心灵相逢一起

就构成一个和谐的世界

221.
流动的岁月
就像一艘泅渡的轮船

222.
生命的核心
天生就有一种纯性

223.
辉煌本身就无顶点
所谓绝望也非永久

224.
诗人,天下最苦的守灵者
也是天下最富有的提灯人

225.
站在黑夜废墟的肩头
我放歌它隐藏的玄机

226.
拥有虚怀
即能包容一切

227.
爱,我怎能躲过你的光热
忘却在心灵之塔呢

228.
距离永是通往
痛苦与幸福的桥梁

229.
深夜,燃烧的是灯芯
直至延伸心底

230.
生命的短暂
总归有美丽辉煌的一瞬

231.
在尘埃和灯光糅合的镜面
我发现了人类发亮的脑门

232.
那些伪善者们
对于自己的面子看得多么重要

233.
欲望是火,被欲望葬送的心灵
总归被人生的正义惩罚

234.
兄弟,别那样瞪着我
难道这不正是被压抑的海藻吗

235.
呈现真实的自我
让一切伤口的底版曝光

236.
对着那个墓口
他已坦然

237.
灾难使我们前进又使我们无法
　　退下
将生命置之度外天空就无限无垠

238.
孤独像个美丽的蛇
盘踞浑圆的心巢

239.
愤膺就是热爱
一切毋须做过多的解释

240.
我寻找一把宝剑
去截断吞噬时光的豺狼

241.
时光在流逝,我来了——
这花园已属于我

242.
梦,盯着我的眼睛
真实的我,就在今夜

243.
那种感情消融已久
大地会告诉你我的所答

244.
你的种子和花蕊
都已回归真实的一切

245.
时光已被切断
我在每一秒的驿站度过一百年

246.
心海,有一只花瓣形的船
巡来驶去,很近又很远

247.
——我的灵魂
想着的是宇宙

248.
一株树伐倒之后
反而没有血流淌

249.
最后,我扔掉了漏电的手筒

使用近视的眼球观看世界

250.
想在珍惜中得到维护
只是看不清真与假

251.
不要触动它
那是捆住狮子的泡沫

252.
在没有失去生命之前
谁能知道死亡的奥秘

253.
越陈旧越接近新的历史的诞生
——这是裂变规律

254.
深夜我的手指已成了绵长的桥梁
寂寞已使我们很美丽

255.
不,我不想说出口
你也保持缄默吧

256.
那夜,你说剑来吧——
剑,就在梦境中出现

257.
在生命的穹窿里
发出尽有的热和力

258.
任何思想
都不是商品

259.
月亮不仅仅带给人类光明
她更多的是给心灵以启示

260.
在夕阳下露出笑意
天涯就永刻着你的名字

261.
黑色是夜我就是白昼
你是白昼我就是黑夜

262.
我们的纯洁像我们的卑微
高傲的脖颈上逡巡着一代人的
　名字

263.
在灵魂剥落完最后的果肉
不息的是这些生命

264.
我忧郁地望着那个目光
心在说你就是我之外的那个你吗

265.
和平,舒起那云峦般的佩巾
歌唱吧,显出你的忿怒

266.
一位孩子拿着画着鸽子的邮票
说——我要把它寄给全世界

267.
心敬不媚
言而不夸

268.
我就是你梦中的那个火花
而你就是我生命的花朵呀

269.
朋友啊,你有你的诺言
我有我的道路

270.
我是谁
时光将会回答

271.
最后,心扩散成无数的离子

每一颗星下无一丝尘埃

电波就在你的心中

272.
时间分泌时间
时光衍生时光

273.
昨天连着昨天
未来续着未来

274.
马莲滩上见丹蓝的马莲花
山石丛中看彤红的山丹花

275.
丢了诚信——
是人生最大的亏本

276.
我就是繁星中的尘埃
不为开花也不为结果

277.
孩子,再等等吧——
黄昏落下的太阳已升起在另一
　　地平线上

278.
你说去感应吧

279.
就这样,形成你自己
爱这一切不幸吧

280.
一只任性的鸟儿
就会任凭翅膀飞翔

281.
让黑夜遗漏在草原的残阳
吻饱草色

282.
一切的宁静不谓寂寞
沉默着就已足够

283.
树,窗外伫立着
是你还是星星说话

284.
在每一寸的土地上
都有生命希望的息壤

285.
时光正在揭开
种种序幕——以时光作证

286.
那个冬天那个夜晚和那个
流失的时间,现在都成了云燕

287.
泪水,不再是悲哀
笑语,不再是喜悦

288.
那夜我梦见披星戴月的我
在你的花园里采集花露

289.
那夜我梦见长着翅膀的我
把泪水化成了满天的繁星

290.
那微微颤动的鼻翼
多像在哀婉中闪着翅膀的蝴蝶

291.
兄弟,尘世上你将归于何处
是谁与你终身相依

292.
听听海啸吧——
你就是心中蔚蓝的海

293.
寂寞吗——月儿不语

低下头影子重叠在梅竹的影里

294.
时间终于化成玻璃状的晶体
空间从此不再存在

295.
爱的雨露涤荡尘埃和无垠
与永恒并驾共驱

296.
我来了——就让它浓缩着痛苦
化入浩荡的夜空吧

297.
让那一面绿色的橄榄树召唤吧
踩着心头的飓风,向前呵——

298.
当太阳扫描大地的足迹
我是岛屿还是沙滩呢

299.
我生命中的时辰啊
那充满幻想的花朵,谢了又开了

300.
迷误的灵魂
拯救的时机已到了吧

301.
那一轮满月用曾经预言过的一切
闯进了心灵的窗户

302.
我情感的火焰息息不宁
我渴望中的世界有我心的另一半

303.
当我走近你的时候
你以你慈祥的目光给了我光明

304.
人类的天性啊
你为我设下无数的结局

305.
父母是儿女头顶的天空
儿女是父母坟头的小草

306.
当地球回到宇宙
我之外就是无限的空间

307.
埋在心里的春天啊
颤望飘游的雨丝

308.
爱的坟墓

就在我的心中

309.
你的丁香花谢了
我的春天还在荒野上踱步

310.
我的眼里已没有了泪水
只有深深的海洋

311.
在时代的飞轮上
都有被扬弃的可能

312.
草漫过我的膝
星湮了我的梦

313.
谁从遥远的时光隧道拾着落花
　　而来
流失的爱人随着天空留下一道
　　彩虹

314.
时光纷纷成熟
智慧正在开花结果

315.
在磨难的历史里

经历了漫长的厄运

316.
当黑夜已完全属于我
我就成为了它的精灵

317.
因为你
使我爱了整个世界

318.
你掌着那盏蓝色的蜡烛
照亮了我灰色的寂静

319.
我把它比做了冬天的小木屋
就让山坡上的花朵自由开放

320.
智者说　没有石与石的碰撞
怎么知道它藏着的火花

321.
星星将结满我的躯体
月亮在我的腰湾划来荡去

322.
头枕着苦水浸泡的黄土
双足伸进无底神秘的海洋

323.
我的一切语言
没有下脚的路基

324.
热爱生命
时光无法等待我

325.
看看大地上的花朵
难道不正是你的语言

326.
追逐、追逐，伸出的手如剑
把时光拦腰截断

327.
十月的梦境说，来吧，
那光亮就积聚在我的额头

328.
我的语言顺着古老的阳光
汩汩融汇进你的光明里

329.
我确实把我交给你了
我就是泥土清风在你的花园融
　　合成一

330.
你用你酿造的美酒陶醉了我
我以我爱慕的雨露找到了你

331.
一枝花朵在问我你是谁呵
花儿啊我不正开在你的花园里
　　吗——

332.
花落在花园里了
以无语的心境去寻找它吧——

333.
时光抹去的不是记忆
那些花一样的往事不堪回首

334.
伤害者的心里只有怨恨
爱慕者的眼中处处是见证

335.
没有谁在未来的日子等候
只有把握眼前的时光珍重

336.
就在那人海茫茫的横流里
你如擦肩而过的燕子

337.
活在你爱的阳光里

却不知道你的恩典如宏

338.
爱人让我的白发苍苍
别叫那疼痛的青春易逝

339.
人类啊地球脉动沉痛
是你将它踩在脚下踢踏

340.
药物医治的皮囊之下
守护者的肉体疼痛无人知晓

341.
那只是今世里边停顿的心脏
茫茫宇宙接通的是亘古能量

342.
那七只羊从悬崖峭壁上寻草
万丈深渊是它脚下无限风景

343.
你眼里充满夜空满天星辰
我看见春天大海的潮水涌泽

344.
从恍然如梦相遇到悄然离去
看见你的鬓发铭刻楚楚爱意

345.
那些人间风情收藏在脑海里
谁能在千百年后翻阅在春风

346.
就让我悄悄地走默默地离别

灯光挪动烛台灯具仍旧安放

347.
天道万物十八千样各有所归
大千世界九层空灵自有其宿

第十二辑

梦境花园

"霓为衣兮风为马，云之君兮纷纷而来下。"没有梦想的人生是苦涩的。没有梦境的生命是黯淡的。无论是屈原的《离骚》、李白的《梦游天姥吟留别》、歌德的《浮士德》，诗的梦境"可上九天揽月，可下五洋捉鳖"，梦境使心灵张开想象的羽裳，遨游驰骋，纵横远古和未来，乃至天上人间。

梦境花园

1.

漆黑的夜啊——
苦觅着那盏明灯
迷惘还在浑噩中沉睡
脚下布满陷阱和深渊
犹如刀尖上修路虹边上跑马
那些灵与肉的磨难中
生命已从历程里蜕化而出
如自缚的蚕茧破蛹而出
从实有的生活里验证
那些沉浮不定的磨难
晓喻准承的迹象和玄机妙理
你确是永生超绝啊——
在浮层中脱离躯体
升腾直达究里幽玄
那光亮照彻了人性顽冥和昏聩
那奇异的光明已冲破乌云和黑暗
打磨那迷惘的灯罩照见通明的
　　世界
你的光明　亮在了我的心海
宇宙因此而充满了祥和温馨

2.

寒禁啊那年轻亡者的噩耗
打开了我干枯已久的泪腺
怎么知道那病危悲悯的时刻
溘然闭上了双眼

不忍看守卫在身边的儿女
当人们将亡者抬出家门时
撕碎人心　悲痛欲绝——
不知当亡者下入坑坑
那飞扬的尘土火焰般飞舞在墓口
那尘土令活着的生灵惊恐不已
孤山荒野掩埋后成了一堆新土
凡生命逃脱不了死亡的关道
你们是先行者　我们是后来者
惟有理智者才觉悟——

3.

三月的春风
枝芽隐藏在它里面的玄机
我是你的雨滴和滋润
向扑在大地的雨露问好
一滴雨滴在我头顶跳跃
一滴雨露吻了我的嘴唇
一滴雨露打在了我的肩膀上
我见每一片雨滴上都有你的尊名
每一滴雨露包含着你的奇妙
人类啊我深爱你们
万物啊我钟情你们
除过爱　我一无所有
就让我做忠诚的仆人
做人类多情的种子
尽管这爱使我伤痕累累
而深深的恩泽已向我释放
就在那夜半梦半醒之间
那神奇的花朵迎面飘扬

飘溢着奇异的香味
沁人心脾甜美芬芳
穿透了我的五脏六腑
就让它向着无限的宇宙散去
充满至乐智慧

4.
划过没有翅膀的天空飞翔
我来了啊我来了
我把云彩踩了
我把月亮踏了
我把太阳触摸了
在大地的高空在阳光里
我好似重现着昔日的梦境
我的脚步来回奔跑
那赤裸的脚趾踩在滚烫的砂石上
我在飞啊我在飞我在飞
我来了我来了——
奔赴你的召唤

5.
如跌落的泥丸散落了一世
见那已逝的朽骨和阴冷的墓穴
我放声痛哭后低头痛思
璨璨闪烁着亮晶的颗粒
我以长川不息的赞诵
如鱼儿离不开水和深邃的海洋
须臾不离
一刻不空

6.
遥望弥漫的天空
穿过阴霾的云雨之上
看啊空间里一片湛蓝阳光
我只愿临风长啸
让我临近宇宙的奥秘
让我采撷真理的宝藏
自由自在的放歌
讴歌在理想的天堂
如鱼儿在空中穿梭歌唱
当两臂在空中如翼滑过
灵魂如雪花状纷纷倒下
而我已把那赞歌唱颂——

7.
飞过时空飞越岁月飞跃历史
我看见汹涌的河流奔腾
机器轰鸣车轮飞转
一股强大电流穿过天空向宇宙
　　闪闪
一丝银色电缆横透大地向四方
　　耀耀
那被欲火磨硬了心灵和意志
在哪里被遗弃或被拯救
那谷底的鹰　海底的沙
跌倒的鹰　迷途的羊
除此　我们人类终将是谁
我们寻求的终将是什么
而唯有爱——
才是永恒

8.

梦里那天空的蓝不是世上的蓝
那蓝色液体般把五脏六腑洗得
　　不落一尘
那梦境好像白昼一样真实
一婷出水的荷花再生
行走在梦境的天空
那天空深远无比清亮
那犹如纯醅的空气轻轻托起
俯首而望——
只怕看见不洁之物而羞愧
只见在云端体肤如雪
颀长的身材矫健柔美
那肉体宛如白色荷花的瓣肤
阳光乳汁般在每一肌上流淌
好像寻找和等待着什么
脸上荡漾着安详微笑
胆颤地观看着自己的灵魂
当那洁白的光四处散射的时候
为幸福而流淌着甜蜜的热泪

9.

那枝花从腐败堕落的泥泞中
根生了一朵花瓣
从浑浑噩噩的深潭中
紧抓住真理的绳索
看啊大地上的花朵竞相开放
万物生机勃勃

10.

一只巨大的船驶在无限的海洋
那船看不到两边
那掌舵者威严坐在船头
远处望去　那和善的脸膛慈祥
伟岸俊亮注视着望不到边的船舱
芸芸众生争先攀靠船沿
但被船和岸之间的海水相隔
那海水先前是一片泼泼蓝鳞
霍然之间化成了一带晶莹的冰川
瞬息时刻将巨大的船封冻
人们惊愕恐惧不知所措
那冰直凉到人的心尖
当所有的人们凝心聚力举起双
　　手心
用他们的双手破冰的时候
那冰就粉碎在他们的眼前
人们把冰层像毯子一样卷了起来
他们的手掌和指头划破流血
不一会儿冰解船动
人们欢欣鼓舞幸福而笑
人们乘上了巨船向前飞进
掌舵人笑了——
黎明时分的梦境醒来
脸庞上依然渗着那甜美的笑容

11.

我宁做一个众人的奴仆
我愿做奴仆忠实的儿子
哪怕遭受着苦难

可我的心里是无限宽慰和幸福
我只惧怕灵魂在看守中跌倒
我生怕心灵在不经意里污染
左边是鬼蜮右边是天使
犹如行持在刀刃上
一面火狱一面天堂
豺狼猛兽逡巡在我的四周
威逼恫吓诱惑我的灵魂
就像钢锯拉扯中割磨
时常感受剧烈的疼痛
梦里一只五彩斑斓的鸟呈现
像个鲤鱼的形状
身上却是传说里的凤凰
飞舞在一棵果树的天空之上

12.

梦里我在空中恍然疾行
忽然自己赤着双脚在一山间
那山上没有树木只有石头瓦渣
我的脚感受到了脚下的疼痛
这时一件洁白的羊皮袄
悬挂在依傍的天空
有个声音在心中说
那是留给你的礼物
我刚伸手去接那羊皮
那羊皮袄瞬息已穿在了我的身上
顿时我犹如婴儿般微笑
那甜美的笑意
穿透了我的性命

13.

当天空不再亲昵
当大地不再沉稳
每落一脚步即可塌陷深渊
我在梦中旋转眩晕不堪
那光昏暗压迫着人的心肺
不知道方向不明白梦境
一会儿把我重重推向大海
一会儿又把我从深渊托起
又是追逐寻捕又是给我安慰
赫然间天空的一方
团团红霞泫然而现
那隆起的彩云后面金光如剑
划破铅重的天幕
剑啊人类理智的宝器啊
如雷电般劈来吧——

14.

当我轻逸地在那深绿色的水草
　中飞掠
在那没有丝毫阻挡的水中穿越
当他们把我置于沉浮不定之时
从那些骇然的时空里跳跃而出
在岸边回眸歇息　如逆旅之舟
散落一地的泥泞和惊恐
这是奇异的深临其境
只看见岸上一位时光的过客
如看见自己的面庞
尽管肉体还很疲惫
而灵魂已轻如鸿毛

恍然看见人类的春天已来临
那柳色青青　春蕾含苞
婷婷的白桦悠悠碧空
微微南来的风
乡村的道路　城市的高楼
那是我爱恋过的人类啊
我看见水草浅鲜澄明如镜
水草背面接壤的天空神奇鲜亮

15.
那年从那棵树上
跌落在你身上的花瓣
一直掩埋在我心的地窖里
今年此日从那棵树上
跌落在我脸上的
已不是那花瓣
而是化作的一滴水晶
在同一地方同一时间
在同一棵树上相逢
在同一片树叶的下面
打落在我的脸上
我知道那是你深藏的泪水
从我的眼睛里流了出来——
那花瓣蘸着雨珠
在大地上书写情愫
我行走在大地上　大地还是无言
我行走在梦境里　梦境无须说破
而那语言已相通那梦境已相融
只在那一瞬的醒悟
唯有　你明白我知晓

16.
那只白色的巨鸟从宇宙深处呈现
天使的翅翼从天空四处遮苫而来
穹隆着的碧空
遽然升起一弯皎洁之月
你降临了降临了
降临了乐园的天梯
赦免的佳期恩惠的时机
降临了临近者的天堂之路
关闭了忏悔者的火狱之门
这是喜悦者被所喜者的筵席
这是受喜者对喜悦者的机遇
种子和大地对雨霖期盼已久

17.
我乘坐一飞驰的船舶
一会儿在浩淼的水上急速向前
一会儿沉入水中行驶沉浮不已
那水确实是巨大的
那水确实是蔚蓝而清澈的
一会儿那巨大的船翻覆
船上面的人惊恐万状
那危险摧毁的船舶渐渐停了下来
忧伤和幸福同时涌满我的心房
那脸从我抚着的手掌扭转回头
我举望着身后的海水和天空
那海水在天地间涌动起伏
像蓝色的空气游荡
我们的心便在无限的宇宙波
　　动——

18.

我在那花园的深处
遇见了你的笑容
那熟悉的面容
焕然出青春的气息
恍如生在了仙境的瑶池
没有任何的言语
但却明镜般明了彼此的心语
带着空灵的翅膀
重逢在没有人间云烟的地方
曾经经历的岁月已化作琼瑶
共同磨砺的人生已成为甘露
如今你挂在眼边的泪珠儿
已不再是哀伤
那带着芬芳的泪花儿
在神秘安详的脸上
已成为幸福和喜悦
如今你的牵挂惟有我知道
如今我的牵绊惟有你明白

19.

洪荒之水从天而降
我在水的这边呐喊
山的那边荒水截满
道路已成混浊之河
我在淹没的道上匍匐
攀缘在河的巨浪
那河在我脖颈汤汤横流

我终于倒在了大地
当我想永远倒下的时候
却倒在了那条大河
我在那河水里游荡
我的手臂和腿脚像空中的飞鸟
如水中的鱼苗

20.

天上的一丛花
粉白色的花
枝干都是粉白色的花
叶片和花瓣都是粉白色的花
盛开在了我的家园
在我回头注视的时候
它们奇异的飘逸
像云彩似的绽放
我好似与它对话
只是没有语言
惟有心境
那花的光
将我笼罩将我照耀
我像雪花一样消融
当大地上
再也没有留下伤痕和忧伤
我听见智者的赞美诗——
鸟儿即使没有了翅膀
也能飞翔在被调养世界的天空

21.

春是敬畏者的步伐

是承诺者的约定

你是慢行大地的使者

你是检阅人类的天使

严寒毕竟要过去

温暖毕竟要来临

啊这是生命的注释

这是人生的答案

春啊你已回归了我的梦境

当世人的家园花已复苏

我也将回归你的花园

复苏在春的腹地

22.

在混浊中迷惑着

时常遭受内邪外魔的困扰

我明白我是流浪的过客

在我清亮的时候那梦也是清亮

在我污浊的时候那梦也在污浊

我在污泥的池塘中

做着荷花清廉的梦境

这样的时候我仿佛又看见

麦子一瞬从小苗长成了大树

整个身体进入五颜六色巨大漩涡

下降或者上升的状态

那时所有细胞像张扬开来

化成灰烬再也找不到自己

惟有甜蜜般的芬芳

灌溉着灵魂每一个缝隙

23.

那淫者一直逼迫我

那贪婪的目光驱逐我

我在风浪之水上颠簸

那变化着的脸谱疑惑我的脆弱

我还是堕进那漩涡沉入海底

呐喊者的声音啊把大海掀翻

那玷污人的邪魔啊你赶快离开

我是那侍者桌几上的灯台

会把你烧尽在熊熊火焰

我是那水做的云彩

会把你淹没进沧浪之水

我是那火做的蛟龙

会把你打进深深海底

我高举着那火炬

在我手中变换成无数的星辰

直到它最终成为一颗明月

24.

踩着碧玉般的绿草

犹如乘着翠绿色的凤凰

滑翔于时空的隧道

有一位翩翩少年陪伴

那犹如散漫的珍珠

恍然到了一处境地

时而是美人的笑颜

时而是妖女魔男的缠绵

层层攻围云雨翻腾

把心扉撕裂魂销魄散

连着心肝肠肺一起荡尽
刺透了我的胸膛骸骨
穿过无数的绿色空间
一些奇异的树木草丛
从眼前清晰掠过
那笔直的轨道
就成了我们来回的道路
一棵参天大树下面
翠绿的树枝叶茂密
我们席地而坐
犹如最初的亚当夏娃

25.
爱人啊　我们见证了时光
而后经历了人间的悲欢离合
伴行过我们的花朵都开了
你看见过的花儿都败了
你留下的花儿还在绽放
还有绿树和花枝
雨水和变幻的云彩依然
我仍旧在太阳下辛劳
在月亮下遐思
还有人间的忧伤
你持花而立
给我留下神秘的微笑
那纯净明亮的眼神
向我传递心语

26.
或远或近或真或假

似梦非梦似睡非睡
艰辛跋涉上下求索
升腾在人间忧伤磨难
挣脱了束缚绊羁
拿走悲愤的毒汁
身子攀援在云海
时光已经消失
生命业已脱胎换骨
万物在脚下已经远去
爱恋的心田
好似重新注入了春雨
如鱼苗般穿越时空隧道升腾
徜徉在云朵和花瓣之间
云霞磨灭祥云袅绕
万籁空蒙晴空皓晧
五颜六色的云朵层层盛开
或近或远或来或去
都在你的眼前升起
浴火再生

27.
旋转的宇宙
拉开新的帷幕
没有亲仇没有高贵低贱
如洪流中集合在一起的浮萍
没有了人类的骄横和傲慢
宇宙不停地转动
这时我看见一盏火龙般的灯闪烁
星球中又有太阳和月亮重新点燃

28.
春眸荡漾温和的煦风
嘴角隐含笑意娉婷而立
传递心语的深处——
洞彻那心海满江的花雨
漫天飞舞 洒落大地
今生我为爱而生
我也注定为爱而归——
只是虔诚而羸弱的仆人
在绿篷遮阴的树下
犹如把那花粉在风里泼洒
那种子在泥土里耕织
坎坷和磨难不足为奇
不为来生来世喜
也不为天堂地狱忧

29.
酷黑的岸边
我找不到那近已降临的天梯
穿着灵魂破敝不堪的缁衣
受孽在昏暗的时光
在一把宝镜面前
我看见了白发苍苍的自己
那发在我手指间野马分鬃般散开
在悲悯中喜悦那洁白的纯净
我确在灵魂的深处看守自己
尽管那骷髅的火焰四处招摇
我把它们聚合在牢固的处所
就在那放纵的悬崖之下
那明月犹如宝船将我托起——

那是有福者的机缘
那是清廉者的幸福

30.
今世饱含多情的目光啊
我用亮晶的眼泪做成了珍珠啊
缱绻的心肠和纤柔细长的手指啊
任凭爱在胸腔激荡——
回眸我爱过的人类
无论一瞬还是一世
短暂还是长久
都充满感激和向往

31.
众人群围的殿堂
群星在宇宙闪耀
流星像船儿游弋
裸肩在天使的守护下
在夜风中微微颤栗
天使们爱怜看望
忧伤的目光凝望天穹
低垂的翅膀在手中颤动
好似不忍舍去的爱人
困苦的爱慕还在心头萦绕
痴迷的情爱不愿就此抛下
从黑暗到光明 直到
从绿海里生出白光

32.
爱的雨露已经萌发新芽

等长成一棵参天的大树
你就是那永恒相伴的绿叶
在层层的云朵下面
我站在天幕灰色的光线里
凝望那失却已久的羽裳

33.
太阳落山了　余光尚存
镜子把阳光反照
太阳落山了　灯烛依然秉承
放羊人将羊护城在门中
在漫无边际的沙漠
跟随识路的商队结伴而行
就在黎明或在深夜
将那洁净的水
从头顶而灌以至每个毛发
那水像河流般在我身躯
四处喜悦奔流
就在我用手指抚摸湿润的肤肌
干渴已消失　血管已滋润
以至于那最后一点滴圣洁之水
仰头举望从指尖上滑落舌上
那甘甜的雨露咽进漫长的肚肠
一朔光明照彻了黑暗的身躯
不怕污水的沾染
在一池腐败的泥泞中
一朵盛开在梦境中的睡莲

34.
漆黑的夜里
一只漆黑的石头上
一只黑蚂蚁在逡巡其上
今夜我行走在世上
大街灯火阑珊高楼耸立
我轻盈漂泊在人海里
直视人们的眼睛和目光
正如在人们散落的目光上行走
如泥牛入海
挂着一颗热爱的眼泪遨游
天空那样静谧和安详
夜幕正悄悄启开魆魆的云峦
万物好似在洪荒和羁縻中等候
天空里堆满了无家可归的幽灵
一道道光亮正在宇宙逡巡打开
从地球每一个角落升起
在人性荒芜的原野上照出彩虹
渴望和等候是徒劳的奢望
唯有真理是心灵苦修者的甘霖
雨露寻觅者的美酒
在寂灭和再生中陶醉
耳畔聆听到那久远的呼唤——
我的生命是玄机的一股香风
我的性命就像天空的一朵白云

第十三辑

时空偶剧

　　我们居住的星球是浩瀚宇宙中的一粟。时空感古今有之,中外有之。黑格尔说:一个民族有一群仰望星空的人,他们才有希望。地球村长大的我们,如何看待人类、时间、空间以及科学呢? 偶剧不偶,时空不空,追求国家和平、世界和谐、人类大同、地球安宁,或许这正是我辈乃至子孙后代为之奋斗的理想。

时空偶剧

[**地点**]：中国普通人家简朴四合院院落

[**时间**]：2019 年夏日午后

[**道具**]：一棵杏子大树下几把藤椅围一张圆形茶几、茶几上一台联想电脑笔记本、一盒围棋；随须臾进门和剧情茶几盛一碟杏子、葵花子、盖碗茶、茶几旁边一个西瓜、一部华为手机、《相对论》《物种起源》《时间简史》《黄帝内经》等几本书

[**人物**]：**我**(中年男子、须臾)中国公民

邻居阿婆和孙子(小明)中国公民

阿尔伯特·爱因斯坦(1879—1955)生于德国，物理学家，相对论的奠基者，20 世纪两大最重要的物理学家之一。《相对论》作者，剧中昵称爱翁

达尔文(1809—1882)英国博物学家，进化论的奠基人，《物种起源》作者，剧中昵称达先生

史蒂芬·霍金(1942—2018)英国物理学家和宇宙学家，《时间简史》作者，剧中昵称霍兄

艾萨克·牛顿(1643—1727)英国物理学家、数学家、天文学家，发现和创立了万有引力定律、经典力学、微积分和光学理论。剧中昵称牛哥

庄子(约公元前 369 年—前 286 年)，名周，春秋战国时期著名思想家、哲学家、文学家，老子哲学思想的继承者和发展者，先秦庄子学派的创始人。

李白(701 年—762 年)，字太白，号青莲居士，又号"谪仙人"，唐代伟大的浪漫主义诗人，有《李太白集》传世。

(幕启——中年男子背笔记本电脑包、右手提西瓜网袋、左手提旅行包到家院大门，放下西瓜袋，开锁进门)

1.

风尘仆仆　出门多日　刚回家院

没来得及歇息　有人摁门铃（音乐《茉莉花》）

打开门看见　原来是邻居阿婆和小孙子

须伯伯您家的邮件到了　请进来　进来坐坐

小孙子捧上邮包　蹦蹦跳跳跨门槛跑来

阿婆笑盈盈追赶着孙子　叫他送完赶快回家写作业

一老一少在庭院转悠低头赏花　抬头观看树上的杏子

我仿佛看到了儿时　温馨遐想外婆和童年的自己

别走别走　来来正好我们共同打些杏子尝尝

哈哈　正是吃杏的好时机啊　今年风调雨顺结果特别稠

我用竹竿打树枝　你们俩在树下打开布单盛　以免杏子落地下

须臾登高站在花园台阶上　抢起竹竿就打

噼里啪啦金黄的杏果像群星一样坠落下来

落在两人双手四角展开的布单上　果子打在他俩的头上和肩膀

整个庭院里响起了三个人欢快的笑声

多啦　够了　布单已经沉甸甸　取下来盛了满满一盆子

装了半盆子让阿婆和孙子拿回家去品尝吧——

送走客人　自己也尝尝今年的杏子吧　心里美滋滋的

人类需要关爱　邻里需要和睦　和谐之美

宇宙也产生许多正能量　蝴蝶效应般传递银河星海——

现在让我歇息一会儿　乘车已累　沏杯茶水　躺藤椅上

一面品尝杏子　一边拆开邮包看看——

哦　原来是自己网购的新书《物种起源》《相对论》《时间简史》

睡在藤椅上习惯性翻阅图书　被精彩的内容吸引

不一会儿　忽然笑盈盈的三位老人在眼前跳跃而出

原来是三位作者爱因斯坦　达尔文　霍金大驾光临——

爱翁和达先生神采奕奕　精神抖擞　和蔼可亲

轮椅上扭着脖子的霍金先生　神秘微笑的表情　注视大家

深邃的目光闪烁漫游日月星辰　银河宇宙

——How do you do 你们好 欢迎欢迎不远万里来到中国

来来来 随便坐 这是我家 请坐藤椅上

我英语讲的不好 法语德语更不懂 有朋自远方来不亦乐乎——

Please have some tea 请用茶 泡上盖碗茶

再盛上一碟黄澄澄的杏子 自家树上的杏子 刚刚打的

请品尝 中国的杏子味道怎么样

不错不错 你们家的杏子甜中带酸

仔细品味 又酸中带甜 味道不错——三位老人乐哈哈称赞

原来你们会说中国语言啊

对啊 现在都知道中国强盛了 汉语全世界快都通行啦

在宇宙里 所有语言都无障碍相同 也能够相互对话——

近几十年中国发展很快 已经成为屹立世界东方的大国

是啊 我们中国在经济 科技诸多方面取得了举世瞩目的成就

在世界上已经是举足轻重的国家 在航天领域也有了重大的突破

我们正在举国奋斗两个一百年 实现中华民族伟大复兴的中国梦

中国强大了 对世界有益啊 我们中国是个怀抱橄榄枝的国家

热爱和平 希望世界幸福安宁 始终是我们的主旨

如今 中国倡议构建人类命运共同体

和平 发展 合作 共赢原则与世界相处 相互尊重 公平正义

得到了大多数热爱世界和平的国家及人民的响应——

世界二百三十多个国家和地区 七十多亿人 国与国 瞬息万里

人与人 天涯咫尺的全球化 把人类居住的星球变成了"地球村"

地球安宁 世界和平 人类永存 已经成为地球人的最大共同利益

人类比历史上任何时期都相距更近 更加需要密切交流沟通——

这可好 语言是沟通心灵的桥梁 咱们彼此可以自在交谈啊

我正想向你们科学家学习 讨教天文地理航天知识哩 望不吝赐教

我不懂天文地理 只是爱看书 喜欢仰望星空 浮想联翩

莽撞或不妥之处 谨望各位大师海涵谅解——

2.

哦哦　你们是乘时光隧道还是黑洞引力而来

或者秉物质不灭定律而降——

按照你们科学家的理论　无论是西方的还是东方的

地球上的物种都是进化而来的　宇宙里的物种也是进化来的吧

天外找到生命体征的星球了吗　据说各国都在找

现在科学技术发达了　我们常人也能借助电脑手机电子媒介

看到了许多宇宙的新发现　那宇宙的图片太壮观啦

Hello　爱翁您真了不起人们称您为相对论之父

1905年获苏黎世大学哲学博士提出光子假说

成功解释了光电效应创立了狭义相对论

1915年创立广义相对论又提出了宇宙空间有限无界假说

世人公认您是继伽利略　牛顿之后的最伟大物理学家

作家萧伯纳称您不是用眼睛而是用智慧开启了一个全新的宇宙

哈佛大学物理学研究会称您　追问时间和空间本身

对物理学给予了近乎完美的解释

不不　我不是当面赞誉您夸奖您　咱们实事求是嘛

爱翁　从中学我搞不清楚　狭义相对论和广义相对论的内涵区别

物体的运动和加速度真的那么融合吗

在光速运行中的物体　时间真的被改变了吗

空间是十一维还是多维度　我们人类能否看得见那些物质

欧几里得和《几何原本》从点线面的关系能否论证宇宙的多维

狭义相对论和广义相对论的视角和定位能否变动

地球在宇宙的坐标系和人类的命运有何关联

九大恒星还在不断发现吗　银河系在宇宙微不足道吗

黑洞是不是任何东西都可以吞噬

何以黑洞会发射粒子　引力场和电磁场

光和反粒子从何而来　量子纠缠真的相互之间产生能量吗

能量守恒定律证明得贯彻宇宙的光　无始无终的光

永恒固有之光的那个光吗——

粒子的创生和湮灭是怎么回事
从你们书籍中寻找那光亮的源泉之美　太奇妙啊
大师们　从前的宇宙和现在的宇宙有分界吗
我有许多问题搞不清楚　书中说　就算物质都毁灭
时间和空间依然相互独立存在　还是有普遍的关联
我们居住的太阳系与其他恒星系区别大吗
你们讲的宇宙的终极物理定律是哪条　我没有看懂
感谢各位先生将我们的思维带到遨游微观和宏观的奇异领域
如果物质不灭　那广岛蘑菇云涂炭之生灵哪儿去了
南京大屠杀　几十万人说没就没　怎么不算数吗——
以及工业化给地球带来的环境资源破坏和污染
化学品及核泄漏　都融化进宇宙的云烟和尘埃里了吗
从科学的论证里　是不是说　宇宙的大道不变　常道永恒

3.
来来来　这是刚在路途买的西瓜　刚刚新鲜切的
请品尝品尝　瓜是我们东方的瓜　不是西方的
而在中国叫西瓜　哦这瓜也不知道起源何处
这种子就是你们科学家说的物种吗——
以前是不是个红豆进化的　吃吧吃吧小心瓜子卡壳
达尔文哈哈大笑——直呼在中国遇见知己
惭愧惭愧其实咱中国老祖宗早说了
种瓜得瓜种豆得豆　龙生龙　凤生凤　老鼠儿子会打洞——
我喜欢幽默搞笑——这只是一句中国老百姓谚语
天下本无事　庸人自扰之　还有句成语说"杞人忧天"——
以前略知你们的相关理论　这不　那天从网上看到您几位的大作
故重新购买这些新版科学书籍　图文并茂　阅读起来兴趣大增啊
没有想到今日真的遇见你们几位大咖　真乃蓬荜生辉　不胜荣幸
请品茶　这是中国式茶具盖碗茶——三件套也叫三泡台
咱们随心所欲随便聊聊天　望不吝赐教——

Hi　查尔斯·达尔文先生　我们称呼您达先生吧　您的胡髭很美
据说您祖父还是位科学家和诗人呢　还出版过诗集
1831 年我多想和您乘上皇家军舰"贝格尔"号环球考察
一起感受南美大陆　那些优美神奇的海礁般岛屿
为那些与众不同的动植物　奇异的地质构造激动和兴奋
跟上您一起探寻思考物种起源的幽门
1859 年您的《物种起源》震动了这个学术界
用 19 世纪 30 年代环球科学考察的资料试图证明物种的演化
物种的变化是通过自然选择和人工选择来实现
于是在整个生物学领域　乃至社会政界产生了巨大影响
看您的《物种起源》——物种并不是像有些人说的那样
是被独立创造出来的　事实是如同变异一样
均是从别的物种遗传下来的
——别的物种是从哪儿来的　遗传又是谁编的电脑程序
文明人类已经存在多少年——根据人类自己的推算
宇宙年龄已经有 138 亿年了　就地球来说也有 64 亿年
人类至今也不过 200 万年的历史吧(就算古人在内吧)，
有文字记载的　也就算 1 万年左右吧——
从空间上讲在无始无终　无边无际的宇宙面前
人类只是茫茫宇宙中微不足道的尘埃
按照进化论观点　人是地球演化过程中至今为止最为完美的生物
大家所熟知的恐龙诞生于三叠纪晚期　距今 2.35 亿年
也在白垩纪晚期(距今 6500 万年左右)的星球撞击事件中绝灭
尽管恐龙在整个中生界统治了这个地球长达约 1.65 亿年
可它在菌藻类等原始微生物家族面前　更显微渺
原始微生物菌藻类大约在地球形成后大约 10 亿年出现
部分种属一直延续至今　而人类究竟为何物
我们周知的诸多世界文明古国
古巴比伦　古埃及　古印度　古希腊　古波斯及玛雅文今又何存
这些我很想从你们的书籍及科学研究中得到答案啊——

您的生物进化和自然选择学说确实不得了

也催生了原子弹　生化武器和世界上的战争——

难怪托尔斯泰要把自己的书名写成《战争与和平》

您知道第一次世界大战第二次世界大战为何而战

纳粹分子对人类犯下的滔天罪行

当然这些不是您的初衷　可人类喜欢自己找的理由

进化　进化　生存　生存　人类不知道要进化到哪儿去

据说温室效应已经使南极洲　北冰洋的冰块逐年消融

气温上升　海面高涨　降水失调　物种在消失

人类只有一个地球　而地球并不安宁　危机依然四伏

资源能源短缺　疾病多发流行　人道主义危机　战乱加剧贫穷

近几年您在进化论方面再有新的研究和突破吧——

而我们中国　注重不同文明兼容并蓄　绿色环保　可持续发展

用占全球不到10%的耕地和人均仅有世界平均水平28%的水资源

中国养活了世界五分之一的人口　改革开放以来进行扶贫开发工作

近几年又致力于精准脱贫攻坚战　40多年8亿多人口实现脱贫

全世界每100人脱贫　就有70多人来自中国

中国为人类减贫事业和文明进步做出巨大贡献———

4.

史蒂芬·霍金兄　您真有名气哇　1988年首版《时间简史》

围绕时间这个核心解读宇宙的终极物理定律

空间的本质　宇宙的历史和未来

去认识遥远的星系　神秘的黑洞　时间箭头和自然的力

哇哇真的了不起　您在轮椅上40多年的艰苦岁月

为人类证实广义相对论的奇性定理和黑洞的面积做出了贡献

统一了爱因斯坦广义相对论和普朗克量子力学

您不但是世界杰出的理论物理学家

还是一位意志坚强战胜病痛折磨的生活强者

您说如果一个人的身体残疾　绝不能让心灵也有残疾——

这句话震慑了多少身体无残而精神残损人的灵魂

21 岁就查出患上重症而您依然在极其顽强地工作生活

据说您患的肌肉萎缩性脊髓侧索硬化症

只有两根手指眼睑可以活动 几乎全身瘫痪

却最终在自己钟爱的物理学领域取得了辉煌成就

您毕生奉献科学研究 把目光投向浩瀚宇宙

人们称呼您"轮椅上的时空王子" 把世界装进脑袋的伟大科学家

您提出一切都是相对的 甚至场 光速和膨胀的宇宙

时间和空间是相结合的 找不到绝对的空间

这些宇宙图像绚丽多彩 形形色色 魅力无穷

无数的银河系在天空中旋转 无数云雾缭绕的漩涡星系

优美的天体 一幅幅海贝般螺旋炫耀图案

无数的恒星星团和星云组成 浩如烟海的宇宙

您说的空是太初宇宙诞生之初的初始状态吗

您从哈勃观测和哈勃望远镜看到时间 奇点

粒子与反粒子的创生与湮灭

星星正在飞离我们已经 130 多亿年 宇宙正在膨胀

古希腊哲学家亚里士多德认为宇宙由土气火和水组成

你们找到四大元素了吧 它们怎样构成宇宙

哥白尼日心说在 1514 年提出时无人共鸣并遭遇反对

现在早验证了宇宙并不是一个小小的太阳系

恒星的光速有的经过 150 亿光年才到达地球

原来我们肉眼和望远镜看到的宇宙

不是此时此刻宇宙的模样 而是宇宙的过去模样啊

我们看到的越远 看到的宇宙景象越古老

与自然界相比 人类只是地球已存 46 亿年生命过程中的过客

也只是慢慢宇宙演化过程中的一瞬(甚至一瞬都不到)

生物界已经经历了五次重大的全球生物绝灭事件

地球生命进程中能够延续至今 是非常不容易啊

以后地球真的会不会成为流浪猫——

有部中国电影叫《流浪地球》你们看到了吧

运用地球的反冲力拯救了地球

说明地球人现在很关注自己的未来

人类应该懂得怎样珍惜地球　挚爱地球　保护地球

5.

哦　书中那个奇点大爆炸是宇宙起源

说至今宇宙还在膨胀　抑或压缩　黑洞引力磁场很大

黑洞到底黑不黑　万有引力来自何处

按照你们科学的解释　这碟果子　部分果子是自由落体运动

一部分是外力作用——哈哈

这是东方的土质　博大精深　一颗果子也有千年文明

长城的一块砖头石块　嗅一嗅也有文化味道

哈哈　说笑说笑啊——

"你们吃果子也不叫上我　这么热闹

是物理研究茶话会还是科学沙龙啊！"又有一位先生飘然而至

哦　原来是牛顿大哥来了　快来请坐

哪里能少了您——看看书中尽提到您哟　您看这是金发碧眼的画像

给您泡茶　这盖碗茶　我们中国的茶文化啊

牛哥　这样端起来刮着喝　仔细品味盖碗茶

能品出时空在旋转　时光逆旅啊　哈哈

隐含天地人三位一体吧　老祖宗的这些发明　数不胜数

比如指南针　麻纸　活字术　火药那叫四大发明

中国创造发明都比较注重实际　你们看　都与生活息息相关

中国自古注重世界文化交流　从汉代派遣使者

丝绸之路陆上 6440 千米　连结亚欧大陆的古代东西方文明之路

唐中期就汇集了世界各地的文化和文明　交织交融　源远流长

明朝郑和七下西洋　与西亚　阿拉伯　希腊　大西洋彼岸

广泛与世界贸易文化交流　促进了不同世界人民的相互认同

那时候中国的创造发明　没有知识产权　供世界人民使用(笑)

对东西方文明　欧洲文艺复兴　发挥了积极重要的作用哇
当今中国　提出"一带一路"战略与世界合作共赢发展
共商　共享　共建丝绸之路经济带和 21 世纪海上丝绸之路
前所未有地将中国的改革融入世界　也使世界更好走向中国
哈哈　各位爷们——我又话题远啦　咱们回归正题啊——
牛哥　1687 年您的《自然定律》　提出了万有引力和三大运动定律
奠定了此后三个世纪物理世界的科学观点
展示了地面物体与天体的运动都遵循相同的自然定律
您用一个公式将宇宙中最大天体的运动和最小粒子的运动统一起来
任何一个运动都不是无故发生
都是长长的一系列因果链条中的一个状态　一个环节
我现在还清晰地记得老师讲万有引力定律 $F=G \cdot m_1 \cdot m_2/r^2$
即万有引力等于引力常量乘以两物体质量的乘积
除以它们距离的平方
任何物体之间都有相互吸引力
这个力的大小与各个物体的质量成正比例
而与它们之间的距离的平方成反比
如果穿越到现在　您如何看待相对论和量子力学吧
牛哥牛哥您可知三十多年前中国的一个小县城
一位物理老师和学生引力苹果课堂上的一则小故事
有一次老师的粉笔头抛出的曲线　优美精准地击中课桌上我的胳膊
像一枚原子惊醒精力不集中的我　"为何苹果掉在地球上？回答！"
猛然站起　我战战兢兢　"是……是地球撞在苹果上了——"
同学哄堂大笑　而老师惊奇的表情
手中画圈的半截粉笔戛然而止
只见他扭转朝向黑板粗壮的脖子喊——
"是他理解了真正的万有引力定律！"
其实上中学我数理化成绩差　这个回答我是凭直觉瞎猜的——
是老师谆谆教诲渊博知识　给了我一个思考问题的支点
感激恩师的那次启发和赞扬　以至三十多年过去弹指一挥间

我还清晰地记得他花白的头发和那天刹那激动喜悦的表情
还记着老师的名字　和他沾满粉笔苍劲有力的手指
现在回想起那天的一刻　正如光的速度在真空里飞流吗
老师老师如今你我的空间　在相对论和量子力学中吗
您那天的粉笔飞度的抛物线　是不同宇宙间的函数轨迹吗
今年夏初假日在家休息　猛然嘭的一声　树上一枚青果
撞击的声音惊醒了在屋檐下打盹的我
果子重重垂直跌打在青砖上　而后顺着青砖的边缘
划了一个半圆弧线停了下来　悄悄猫步到砖前弓身仔细查看
究竟为何掉地上画了半个圆　原来那块青砖并不平坦
果子顺着斜度　在引力和惯性的作用下继续运动
书中你们讲　原子粒子　物质的基本单元　还有质子　中子
它们围绕原子核旋转运动生生不息
像小蝌蚪围绕青蛙妈妈转动吗　出生前那如宫胎里温暖沉睡
或许地球就是个婴儿　正在浩瀚宇宙孕育哩
从宏观世界到微观领域　我们多么渴望得到更多的知识
才能认识到宇宙的本质　变化以及对自我生命的认知
人类确实迫切需要对宇宙的认识和辨析啊
科学的认知　并不等于认知的科学
寻求真理　确实是个漫长的过程啊　不得不由衷感叹——
科学永无止境　认知也无终极

6.
——噢噢　我原以为时间和物质永恒不变
狭义相对论和广义相对论对于整个宇宙意义何在
——宇宙大爆炸理论经得起验证吗　宇宙在大爆炸前何在
(须史点击一下笔记本电脑,舞台背景屏幕出现哈勃望远镜、
航天器、中国天眼拍摄和接收到的宇宙的各种精美的图片及宇宙的演示画面,
如下遇到谈及宇宙天体内容,安排相对应的宇宙图片)
诸位大师赐教我　这神秘的黑洞　时间箭头

还有基本粒子　夸克　纳米　膜和弦做十一维运动
宇宙创生的种子　只不过是一粒微小的坚果
宇宙真的在不时膨胀或者缩小
假如空间就是这个眼前的西瓜
我们现在用刀切开一个断面　内核里有什么
宇宙的起源是什么　四维坐标能说明吗
我们看到的银河是枚小小的海螺
宇宙有边缘吗　我们人类能否看到真正的宇宙
难怪法国雨果先生说——
世界上最宽阔的是海洋　比海洋更宽阔的是天空
比天空更宽阔的是人的心胸
听说人的大脑有数亿计的细胞　就如你们科学家用其一生
也只用其很小一部分是真的吗
人体生命科学真神奇　犹如浩瀚的宇宙
每一个细胞都在赞美人体的美妙
每个星球都在赞叹宇宙星海的浩瀚
小时候我们小孩子爱玩陀螺　一鞭子摔一鞭子抽
匀速运动和加速度　还有玩铁环　外力作用
是不是手腕的铁钩力量　与你们书中讲的宇宙地球旋转引力
宇宙大爆炸前我们在哪里——天上的星辰都在银河系里旋转吗
物体的运动以及宇宙飞行速度变化吧
这杏子是中国老品种　不是基因转化
没有嫁接睫毛　没有移花接木　对了　这是甜核仁
砸开几颗让你们尝尝　是甜仁吧　杏子也可入药
中医讲清肝明目　清热解毒　可都是杏子　有的仁甜有的苦
物种起源里我找了很久　没有答案
我看书上写到几亿年前的植物化石
杜鹃借巢孵蛋　蚂蚁携蛹搬家　蜜蜂有序造房
物种　变异　中介　生存斗争与自然选择
环境变迁　地质灾害与演化　物种灭绝或者变异

无论变异的法则　　还是过渡的方式
以及鱼骨和蛙的标本都在证实进化
回眸人类　　白头海雕翱翔在北美大陆
甲壳动物和海藻类繁衍强盛　　类人猿长号山谷和深林
蜻蜓正在幽暗的原始森林蜕化　　非洲热带雨林的一只黑蚂蚁
正在黑夜的一块黑石头上爬行
加拉帕戈斯拉维达岛上的火烈鸟　　跳着芭蕾舞伺机交配
这些都是进化的不断飞越吗　　是不是物种在某个区间是进化
符合物质运动规律　　事物否定之否定演变以及螺旋式发展
而物种基因突变和基因转化　　是否说明进化存在某种区间
真如人们常常问的　　先有鸡还是先有蛋
量子力学和相对论观点　　和那些密码般的天文公式
再如中子　　质子　　原子纠结一起　　产生量子力学
又在对撞中产生核聚变
爱翁的场方程式　　揭示宇宙的静止或恒静止　　宇宙是静止或运动
后来有许多验证公式的不确定性　　但都惊叹新的研究发现
那个公式对星体的寿命有测定吗　　从书籍里看恒星死亡后的图片
那些红移的宇宙射线条形码似乎与现在商品上的相似
我不知道能否找到每一位星体的宇宙二维码
这样人类就能进一步知道红矮星　　白矮星　　黑矮星的运行规则
如此来说　　知识确实是人类进步的阶梯
感激你们科学家为人类和科学作出的贡献啊——

7.
这是葵花子　　请品尝　　哦哦也就是中国的向日葵
和凡·高(1853—1890,荷兰)画的物种同属一类
不知道是近亲还是远邻　　形状很像
中国人民品味生活　　吃瓜子不叫吃　　而叫嗑瓜子
很形象又很消遣浪漫吧　　嘿嘿嘿
凡·高的星空油画你们见到了吧　　从网上看他的作品

他画的天空充满离奇古怪的星空图画

形形色色的星云翻卷　旋涡状的银河

层叠无穷太极图状的星空图　以他充满天才般的想象和釉彩

给人以透视效果的艺术感染力和对宇宙的无限想象力——

你们问我是谁啊　一个微小的地球人　一位普通的中国公民

我爱我的国家　也爱世界人民和宇宙——

按照达先生的理论　我是从单细胞生物进化而来　呵呵

演化成双细胞多细胞 DNA　糖核酸氨基酸之类的东西吧

是猴子进化了人类　还是人类进化成了猴子

不知道自己是带电的质子　还是不带电的中子

——哈哈哈　你说话太有趣　太有意思啦

啊啊　逗大家乐呵乐呵　笑一笑　十年少——

在英语里天空的字母是 sky 对吗　记得这样读

仰望天空　Looking up at the sky　看天空　Look at the sky

凝视天空　Staring sky　展望苍穹　Looking into the sky

Sphere 是天体　星的含义　另一个单词 space　是不是指宇宙

法语德语的天空字母说我不懂　但肯定有具体的词汇

我们东方人对宇宙有自己独特称谓和感悟

如印度人尊敬天空　宇宙及三千大千世界

集一千个这样的小世界　名为小千世界

集一千个小千世界　名为中千世界

集一千个中千世界　名为大千世界

三千大千世界亦非一个　而是无量无数并存于宇宙空间

阿拉伯人讲九层空灵　阿斯麻念是离地球最近的天空

阿尔史　库尔希指无穷无尽的宇宙

天地万物有十八千样麦海鲁格(被造化物)

运用自然的本质和规律　人与人　人与自然界平等相处

东方人尽管对宇宙的称呼不一样

但都有对宇宙　无始无终　无穷无尽　无比无样的共同体悟

再说中国人　很早就对宇宙天体与人有很深探索

自古以来对宇宙称呼天 天空 上苍 苍穹 宇宙
常讲九层云霄外 重霄九 天黄地玄 尊天尽命
盘古开天 开辟鸿蒙 星转斗移 格物致知 天道酬勤
天行健 君子以自强不息 地势坤 君子以厚德载物
古朴的典故和思想都体现了中国人对宇宙天地的认知
人文始祖伏羲氏 仰观天文 俯察地理 近取诸身 远取诸物
发现世界万物都是由阴阳这对矛盾统一构成的
无极生太极 画出了-和--两个符号代表阴阳
易有太极 是生两仪 两仪生四象 四象生八卦
八卦代表八种基本物象 乾为天 坤为地 震为雷 巽为风
艮为山 兑为泽 坎为水 离为火 《周易》知道吧
就是三千年前商末周初 西伯侯姬昌(周文王)被纣王囚禁关押时
在狱中潜心研究伏羲八卦 由经卦中的两个为一组的排列组合
推演所创周易六十四卦 形成生生不息的"二进制"宇宙论
用来象征各种自然现象和人事现象 讲究道包天地 人包道
又对时空与天地对应出 天干地支 子午流注
东方文化 把人看成是世间万物最重要的核心地位
按照当代的话讲 就是以人为本啊——
中华文化历经沧桑 始终不变具有"天下"情怀
和为贵 协和万邦 四海之内皆兄弟的文化基因薪火相传
新时代 中国人民致力于实现中华民族伟大复兴
追求的不仅仅是中国人民的福祉 也是全世界人民的福音
人类亲如兄妹 命运相连 殊途同归 九九归一

8.
你们知道《黄帝内经》吧 是中国最早的医学典籍
相传是远古时期黄帝与其老师岐伯的对话录
哦我这有本 这是是中国最早的医学典籍
其内容已经涵盖医学 哲学及自然科学等诸多方面
2011 年联合国教科文组织已将其列入《世界记忆名录》

你们看这段——

(须臾点击一下笔记本电脑,背景图古典古筝配音乐和画面)

上古有真人者提挈天地　把握阴阳　呼吸之精气

独立守神　肌肉若一　故能寿敝天地　无有终时　此其道生

至人者淳德全道　和于阴阳　调于四时

圣人者处天地之和　从八风之理　适嗜欲于世俗之间

无恚嗔之心　行不欲离于世　被服章举　不欲观于俗

贤人者法则天地　象似日月　辩列星辰,

逆从阴阳　分别四时　将从上古　合同于道　亦可使益寿而有极时

——其核心是从宇宙　天地　时间　空间角度

对人本身与自然和谐统一的高度概括　思想深邃

你们问中国古代哲学家有谁　那简直太多了

老子　春秋时思想家　以"道"解释宇宙万物的演变

《道德经》是中国历史上首部完整的哲学著作

(须臾点击一下笔记本电脑,舞台背景屏幕配古典音乐和太极演绎画面,下同)

道可道　非常道　名可名　非常名　无名　万物之始也

有名　万物之母也　故恒无欲也　以观其眇　恒有欲也　以观其所徼

两者同出　异名同谓　玄之又玄　众妙之门

说道生一　一生二　二生三　三生万物

人法地　地法天　天法道　道法自然

您问　道是什么　老子说道乃夫莫之命而常自然又很玄妙

我理解　道构成世界的本体　创造宇宙的原动力

促使万物运转的规律　作为人类行为的准则

道具有独立不改　具有周行而不殆的永恒意义

小时候我听老人们讲　天地的常道不变

无极就是宇宙的最初状态　最初无称　更超名相真谛显

始为混沌　轻者上升为天　浊者下沉为地　天地分开

周易和老子认为无极是万物之母

无形无象　无声无嗅　玄之又玄的妙门又在哪里

无极一动生太极　阴阳　老子和周易说的"一"

这个一　还有真一　数一　体一　多种理解和含义

预示宇宙的起源　来自单独的这个"一"
是不是你们认为的那个宇宙起始的奇点
所谓奇是不是就是单独　独一的意思
噢你们问我　道可道　非常道　名可名　非常名是啥意思
解释的含义较多　基本共同认知的意思是说
能够讲出来的道就不是真正的道　能够描述的名就不是真的名
叫它"道"或者"真理"或者什么都可以
中国唐代高僧玄奘翻译的《心经》中说
色不异空　空不异色　色即是空　空即是色　受想行识　亦复如是
——意思　理解因人而已　大概的要义是说
从宏观角度看　色和空没有区别　从微观角度看　空与色也相同
空是色的本质内核　色是空的表象外观
尽管你反复透彻地去领受　深思　认知和识别其结论仍然不变
色指可见事物　如人　物品　山水等
空不是什么也没有　只是我们肉眼看不见罢了——
这个空还不能与平常我们说的与物质对立的那个意识
从这个意义上讲　色与空并不是矛盾的对立面
空和色　物质和意识　本来就是一对孪生兄弟
是既对立又统一事物　相互转化　物质和意识也是这个道理吧
我刚才看你们书中的宇宙起始图片
都说宇宙来自一次奇点大爆炸　那个起始的点来自何处
它怎么能够一爆炸就有那么大能量
形成了到现在还找不到边际的无穷宇宙
老子和周易讲究天人合一思想
认为宇宙是一大天　人是一个小宇宙
宇宙之中阴阳相生以至生生不息

9.
都知道孔子吧　其思想以"仁"核心　以为"仁"即"爱人"
他是两千多年前中国春秋战国时期人

他修订了六经　即《诗》《书》《礼》《乐》《易》《春秋》

逝者如斯夫　不舍昼夜——这是他对时间空间所发的喟叹

如今他被联合国教科文组织评为"世界十大文化名人"

现在全世界各国有上千所孔子学院　传播中至和　和为贵思想理念

庄子　我国先秦(战国)时期伟大的思想家哲学家文学家

他主张"天人合一"和"清静无为"　顺从天道而摒弃"人为"，

顺从"天道"　从而与天地相通的摒弃人性中那些"伪"的杂质

提倡"天地与我并生，万物与我为一"的精神境界

他乘物以游心　著书十万余言　《齐物论》庄周梦蝶中说

庄子梦到自己变成蝴蝶　醒来后不知道自己是庄子还是蝴蝶——

"谁们在这里谈天说地　好自在　好逍遥啊"

一只巨大的蝴蝶飞来了　原来是庄周公啊　别来无恙啊

我们正在说您呐和您的《庄子》一书呐

快活　快活　难得　难得　真难得

不知是你们在做梦哩　还是我庄周还在梦中没有醒来　哈哈

此梦非梦　非梦是梦也　吟道——

(配古典音乐及背景画面)

昔者庄周梦为蝴蝶，栩栩然蝴蝶也不知之梦为蝴蝶与？

蝴蝶之梦为周与？周与蝴蝶则必有分矣。此之谓物化。

中外人士　说天道地太有趣

不知身在梦中说梦呓

鱼在水中不识海　鸟在空中不知气

笑笑笑　实可笑——万物齐一　终可究

是亦彼也　彼亦是也　彼亦一是非　此亦一是非

中国啊还有孟子　列子　韩非子　王阳明等许多贤哲达士

上对天文地理下对人文社里都有精辟论道

诸位有兴趣多在中国来访　云游四海　广交朋友

还有中国神话传说都于天文地理有很大渊源

盘古开天辟地　女娲补天　后羿射日　夸父追日

牛郎织女　嫦娥奔月　精卫填海

都与天上人间 日月星河有着密切联系啊

这说明中国几千年文明 祖先们很早就有宇宙观的嘛

我们中国哲学思想 无不体现寻求人类共同来源及大同之境也

庄子蝴蝶现身案前 童颜鹤发 仙骨道风 娓娓道来——

东西方文化从本源上来说 对宇宙和人的认识上异工同曲

中国诗词艺术对宇宙的思考探索也是很早的呀

屈原 中国战国时期楚国诗人

其作品《楚辞》代表了中国浪漫主义文学的滥觞

由《离骚》《九歌》《九章》《天问》等章构成

想象力极为丰富 旷达神怡 空灵高远

1953 年 在屈原逝世 2230 周年之际

世界和平理事会确定屈原为当年纪念的世界四大文化名人之一

他的《天问》《卜居》对宇宙及生命的来源进行了思考和设问

让我用白话文通俗演唱一下其《天问》吧——

(须臾点击一下笔记本电脑,舞台背景屏幕配古典音乐和情景舞蹈)

远古的最初的形态,是谁把它传述下来?

天地还没有形成,是根据什么考定的?

宇宙一片混沌暗昧,谁能够考究明白?

大气弥漫无形象,根据什么辨认出来?

白昼光明黑夜暗,为什么这样分明?

阴阳二气相参合,哪是本原哪是化生?

圆圆的天盖有九层,是谁把它度量和经营?

这是何等的大工,当初谁把它创造完成?

枢纽上绳子拴何处? 天的顶端架在哪里?

八支天柱怎样支撑? 地势为什么东南低?

天体的中央八方各有边,它们怎样安放怎样连一体?

天体的角落曲折无其数,谁知道它的详细数目?

天体在什么地方立足? 怎样划分出十二个星区?

太阳众星又摆放在哪里? 太阳从汤谷升起,

晚上到蒙水岸边止息,从天亮到天黑,

它一天奔行了多少里? 月亮悬挂在何处?

你们听,屈原在《远游》中借仙人王子乔的口歌道——

道可受兮,不可传;

其小无内兮,其大无垠。

毋滑而魂兮,彼将自然;

壹气孔神兮,于中夜存。

虚以待之兮,无为之先;

庶类以成兮,此德之门。

又听庄子说道　地球上所有的一切　都与天上的星宿对应

天上的星宿分为二十八宿　又分四组　每组七宿

这四组　就代表了人间的四季　每个季节有个灵物与之匹配

春天东方七宿　形状如一条龙　对应五行的话

东方属木　木为青色　所以叫青龙　代表着春天的生机勃勃

夏天南方七宿　形如雀　南方属火　为赤色

因此叫朱雀　代表着夏天的烈日炎炎

秋天西方七宿　形如虎　西方属金　为白色

叫白虎　代表着秋日的肃杀萧瑟

冬天北方七宿　形如龟　北方属水　为黑色

叫玄武　表着冬天的收敛之象

道道道　说破天机一场笑　哈哈哈　哈哈哈

(吟罢　蝴蝶翩跹　飞走隐身)

(背景图上显示向蓝天白云远处飞去情景)

10.

真没有想到　你们中国人探索宇宙为时很早很久

佩服佩服　中华文明真了不起　了不起——

是啊　还有中国的古诗词内涵深邃　博大精深

触及到许多天文地理宇宙星河的探索

包含了古人对时间　空间　宇宙　生命的质朴的思考

《诗经》自西周初年至春秋中叶大约五百多年的诗歌

其中有许多谈及时空的诗句和感悟　且看

死生契阔　与子成说　执子之手　与子偕老(《邶风·击鼓》)

如月之恒 如日之升（《小雅·天保》）

采薇采薇 薇亦刚止 曰归曰归 岁亦阳止

一日不见 如三秋兮 （《王风·采葛》）

——这里有时空变化相对论的寓意吗

从秦皇汉武到唐诗宋词 有太多的诗辞律赋

游思千仞 升腾银河星汉 九霄云外

三国时期曹操《短歌行》中吟道——

(配古典情景音乐,须臾边唱边舞)

对酒当歌,人生几何! 譬如朝露,去日苦多。

慨当以慷,忧思难忘。何以解忧? 唯有杜康。

青青子衿,悠悠我心。但为君故,沉吟至今。

呦呦鹿鸣,食野之苹。我有嘉宾,鼓瑟吹笙。

明明如月,何时可掇? 忧从中来,不可断绝。

越陌度阡,枉用相存。契阔谈宴,心念旧恩。

月明星稀,乌鹊南飞。绕树三匝,何枝可依?

其子曹植在《薤露》中写道——

天地无穷极,阴阳转相因。人居一世间,忽若风吹尘。

晋代的书圣王羲之的《兰亭序》谈古论今 畅想宇宙

其书法和文情融会贯通 更有时间与时空的完美交织

(点击一下笔记本电脑,舞台背景屏幕配古典音乐和情景图画)

是日也,天朗气清,惠风和畅。

仰观宇宙之大,俯察品类之盛,所以游目骋怀,足以极视听之娱,信可乐也。

向之所欣,俯仰之间,已为陈迹,犹不能不以之兴怀,况修短随化,终期于尽!

古人云:"死生亦大矣。"岂不痛哉! 固知一死生为虚诞,齐彭殇为妄作。

后之视今,亦犹今之视昔,悲夫!

故列叙时人,录其所述,虽世殊事异,所以兴怀,其致一也。

后之览者,亦将有感于斯文。

就这么一篇记事文 时空交错 情景交融

现实主义与浪漫主义完美结合得天衣无缝 千古绝唱

从眼前实景到宇宙演化 从饮酒作吟诗感慨万事万物瞬息万变

以及对生死长寿心境意境升腾时空美感

还有魏晋时期陶渊明的《桃花源记》

缘溪行　忘路之远近　忽逢桃花林……

林尽水源　便得一山　山有小口　仿佛若有光……

问今是何世　乃不知有汉　无论魏晋……

——这是不是作者进入时光隧道　还是时空黑洞的偶遇吧

你们中国古代文人雅士真厉害啊　很早就有了宇宙观时空观——

啊啊　还有千百年以来许多传诵的名句

无不与时空宇宙的感悟相关联

忽然听到"大唐李太白到此一游也　噢　是谪仙太白君来也"

(李白飘然而到　一手执玉壶　一手举金樽　笑乐而至)

诸位谈诗弄赋好个兴致啊　且听我太白吟来——

(舞台背景屏幕配古典音乐和情景舞蹈)

小时不识月,呼作白玉盘。

又疑瑶台镜,飞在青云端。

仙人垂两足,桂树何团团。

白兔捣药成,问言与谁餐?

蟾蜍蚀圆影,大明夜已残。

羿昔落九乌,天人清且安。

阴精此沦惑,去去不足观。

……

夫天地者万物之逆旅也;

光阴者万代之过客也。

而浮生若梦,为欢几何?

……

君不见,黄河之水天上来,奔流到海不复回

君不见,高堂明镜悲白发,朝如青丝暮成雪——

(太白举杯邀月　边吟边舞　忽驾云翱翔　忽落地弄花)

海客谈瀛洲,烟涛微茫信难求;

越人语天姥,云霞明灭或可睹。

天姥连天向天横,势拔五岳掩赤城。

天台四万八千丈,对此欲倒东南倾。

我欲因之梦吴越,一夜飞度镜湖月。

湖月照我影，送我至剡溪。

谢公宿处今尚在，渌水荡漾清猿啼。

………

霓为衣兮风为马，云之君兮纷纷而来下。

虎鼓瑟兮鸾回车，仙之人兮列如麻。

忽魂悸以魄动，恍惊起而长嗟。

惟觉时之枕席，失向来之烟霞。

世间行乐亦如此，古来万事东流水。

别君去兮何时还？且放白鹿青崖间。

………

（李白随着朗读 骑着白鹿驾云而飘逝）

11.

霍金老兄您认为空间本身有一个巨大的负能量仓库

这个理论意味着什么 那些无法发现的物质究竟以怎样的方式存在

物质既不能被创造 也不能被消灭 那宇宙存在的价值和意义是啥

那么大爆炸之前与爆炸之后能量 物质的总和是一致的

那么"大爆炸"由谁来来触发按钮呢

1929 年通过观察发现遥远的星系正在离我们越来越远

既然随着时间的推移 宇宙越来越大 那么以前宇宙哪儿去了

1946 年正式提出"宇宙大爆炸理论"

后来的观测以及论证中 发现了宇宙不仅仅是正在膨胀

而且是正在加速膨胀

既然地球上的试验以及黑洞中的理论都说明了引力越大时间越慢

那么是否存在一个引力无限大 存在没有时间的开端呢

科学之所以是科学它不但能够预测 更重要可以验证

假设有一台可以承受极端引力的时钟 越是接近黑洞 时间越慢

直到进入中心 它的时间停止了 并不是因为钟坏了

而是因为黑洞中心本身不存在时间 这个你们取得验证了吗

从"大爆炸"到空间 能量的生成 这是一个"无中生有"的过程

这个理论最关键之处在于"无"是如何生"有"的

巨大的空间　能量是如何"凭空"冒出来的

暗物质　你们找到了吗

爱翁老师您在上个世纪发现了能量和质量基本上是一种东西

可以说是同一枚硬币的两面　而公式揭示了物质和能量本质的关系

那么宇宙仅仅只有两个成分　能量　空间吗

虽然宇宙学家和物理学家已经写了许多关于这个现象的书

但真正解释这个想象和问题　可能是一项艰巨的任务

根据已经发现的科学规律　来判断分析宇宙未来的状态

科学是多么严肃啊

思维逻辑　意识验证　辩证认识——

看当今有些年轻人的 T 恤衫　牛仔服印着英文字母

Who am I Where did I come from Where am I going

我是谁　从哪来　到哪去　最早由古希腊哲学家柏拉图提出

二千多年前柏拉图和老师苏格拉底　学生亚里士多德

都在思考研究生命和宇宙

苏格拉底有句哲学名言——认识你自己

柏拉图说　人是寻求意义的动物

时间会漫漫沉淀　自我征服是最大的胜利

亚里士多德认为　天体由第五种元素"以太"构成

《荷马史诗》把十年间发生的事情集中在一小段时间和一个事件上

表现现实主义和浪漫主义的社会生活与幻想的情节交织在一起

《伊利亚特》具有阳刚之美　《奥德赛》体现阴柔之美

跨越时空二千多年展现人类克服重重困难改变命运德意志力量

其反映是社会及其事件也是宇宙银河系上的一个小红点吗

欧洲文艺复兴的油画超群　《蒙娜丽莎》的微笑依旧无限迷人

还有雕塑师们的神雕群芳谱　凝含了时空美感和动态的密码

绘画大师们更是追求空灵的意境深远的美感和生命的灵动力啊

正如大卫·休谟(1711—1776 年,英国哲学家)所言

恨也罢　爱也罢　思想　感觉　观察也罢　无非都是在领悟

12.
爱翁您的相对论是关于时空和引力的基本理论
相对论极大地改变了人类对宇宙和自然的"常识性"观念
提出了"同时的相对性""四维时空""弯曲空间"等全新的概念
狭义相对论认为空间和时间并不相互独立
并不存在绝对的空间和时间　在狭义相对论中
整个时空仍然是平直的
1915 年您发表的"等效原理"　即引力和惯性力是等效的
根据等效原理　广义相对论认为假设宇宙一直处于静态
也就是说宇宙大小是一定的　总的空间大小不变
并且一切按着时间轴变化对吗
空间是三维的　然后加上一维的时间　就构成了四维的时空
提出物理定律的形式在一切参考系都是不变的
测地线方程与物体自身故有性质无关　只取决于时空局域几何性质
而引力正是时空局域几何性质的表现
物质质量的存在会造成时空的弯曲　在弯曲的时空中
物体仍然顺着最短距离进行运动
正如地球在太阳造成的弯曲时空中的测地线运动
实际是绕着太阳转　造成引力作用效应　正如在弯曲的地球表面上
如果我们以直线运动　实际是绕着地球表面的大圆走——
噢噢　真深奥啊　我的天文知识限制了我的想象力
总而言之　科学越发展　人类的认知越接近真理——
来吧　我们下盘围棋　围棋据传是中国上古时期尧帝所创
棋盘划有纵横各 19 路直线　交叉点棋盘上共有 9 个粗圆点称为"星"
中央的星为"天元"　这是不是中国的黑白量子学　我不知道(笑)
一个目也叫一个眼　棋连再长　独眼不活
黑白对应　子子相联　层层叠叠　有两口气的双眼才是真活
金角银边空腹草　格局纵横交错　蕴涵宇宙瞬息万变的大法则
可这围棋星罗密布　跟周易中的先天八卦　后天八卦的运行相似

与天文学家绘制的星座　星系图相像

13.

你们了解中国的文字与书法吧　汉字是中华文明和历史的载体
博大精深

别看一笔一划　却充满奇特无穷变化的指示、意会和象形音律

你们看　中国的汉字"人"是这样写的

我们中国有伏羲女娲造人之说　你们西方也不是有亚当夏娃造人说

阿拉伯人也讲　人类是由人祖阿丹和哈娃繁衍而来

西方人和阿拉伯人说　女人是从男人身体的肋骨上创造的　对吧
(点击一下笔记本电脑,舞台背景音乐配情景书法)

人字的一撇指男人　这一捺指女人　有男人女人才算完美人类啊

你们看这个"王"字　三横代表天地人

融会贯通了这三者关系才称为王

哈哈　咱说个相关汉字"夫"字的趣事吧——

话说乾隆皇帝到江南巡视　见一农夫扛着锄头

就故意问身边的宰相农夫的夫字怎么写

不就是二横一撇一捺　轿夫之夫　孔夫子之夫

夫妻之夫　匹夫之夫都是这么写　宰相踌躇满志答道

你这个宰相连这个夫字的写法也辨别不清

乾隆爷说　农夫是刨土之人　上写土字　下加人字

轿夫肩上扛竿　先写人字　再加二根竹竿

孔老夫子上通天文　下晓地理　这个夫字写个天字出头

夫妻是两个人　先写二字　后加人字

匹夫是指大丈夫　这个字先写个大字　加一横便是

哦呀　你们中国的文字太奥妙　好一番"夫"字趣解

哈哈　这是讲一字多寓意　其实以上"夫"字笔法顺序都一样

中国书法凝聚了时空美感和动态之美

您看唐代张旭　怀素的狂草书法

如痴如醉　风驰电掣　游龙惊凤　一气呵成

王羲之的行体字　点线穿梭　行云流水　笔笔生风

我们中国人　讲究文以载道　以文化人

君子以振民育德　居贤德善俗

中国从古代天圆地方到地球中心　日中心说到银河系星系

伽利略　哥白尼的研究　从比萨斜塔两个轻重不一的铁球落地

到千百年宇宙飞船在月球漫步　人类的认识也在不断进步

对真理的认识　中国古人的态度很严谨

连孔子那样的饱学之士　也在真理面前很谦虚　孔子曰

知之为知之　不知为不知　是知也

你们听过他与两小儿辩日的故事吧

是不是隐含爱老所说的宇宙相对论啊——

孔子东游,见两小儿辩日,问其故。

一儿曰:"我以日始出时去人近,而日中时远也。"

一儿以日初出远,而日中时近也。

一儿曰:"日初出大如车盖,及日中则如盘盂,此不为远者小而近者大乎?"

一儿曰:"日初出沧沧凉凉,及其日中如探汤,此不为近者热而远者凉乎?"

所以说　中国古人们很重视对宇宙天体理论的考究

在科技文化　文学诗赋　人文社理都涉猎宇宙　时间　生命

甚至在人们的思想意识　日常行为中都深深烙下痕迹

你们听　仿佛后唐主李煜歌声——

春花秋月何时了?往事知多少。

小楼昨夜又东风,故国不堪回首月明中。

雕栏玉砌应犹在,只是朱颜改。

问君能有几多愁?恰似一江春水向东流。

14.

或许万事万物都在变化　唯有爱情　亘古未变

抑或世殊事异　唯有爱情中外不异　因为爱情是人类永恒的话题

两个相爱的人　是不是如你们所述的两个量子在纠缠啊

不然古人都讲相爱的人　为何惺惺惜惺惺　一日不见如隔三秋

两情相悦　岂在朝朝暮暮　这些诗词总是把情感与时空纠缠一起(笑)
"爱在宇宙或许是个永恒的等量"　你们问我是怎么写这句诗的啊
当年我年青情感丰富　写了许多爱情诗　这是其中的一句
觉得　爱是那样神圣和甜美的事物　纯属自言自语式的独白
在我眼里一切皆爱——青春的我看见一个个美好的人
从相见到转眼即逝　忧伤和烦恼困扰着我
不知道一个一个哪儿去了　明明存在过　却眼睛里已经看不见
可这些都是真实存在的事实啊
只是眼睛里看不见　不等于他们的不存在
正如仓央嘉措的诗——
你见　或者不见我　我就在那里　不悲不喜
你念　或者不念我　情就在那里不来不去
你爱或者不爱我　爱就在那里　不增不减
西方有罗密欧与朱丽叶的爱情悲剧　生死不渝　可歌可泣
莎士比亚的十四行　雪莱　拜伦的情感世界　令人神往
《少年维特烦恼》《浮士德》《简爱》《安娜·卡列尼娜》
《乱世佳人》(《飘》)《魂断蓝桥》诸等名篇佳作
以及中国的许多文学作品　都将爱情刻画得如痴如醉　生死相随
《梁祝》你们听过吧　梁山伯与祝英台的爱情千古绝唱
(舞台背景显示梁山伯与祝英台情景)
相思悲绝　最终俩人双双从坟墓化作蝴蝶　忠贞不渝　生死相随
《红楼梦》林黛玉贾宝玉的爱情
木石情缘　天上人间　缠绵悱恻——
(舞台背景显示贾宝玉与林黛玉情景)
正如曹雪芹说　开辟鸿蒙　谁为情种　演出了这怀金悼玉的红楼梦
林黛玉本是天上灵河岸上三生石畔一株绛珠草
为报答神瑛侍者贾宝玉的甘露灌溉救护之恩降到人间
她的眼泪哭干了　也就该归去来兮　是贾宝玉的精神之恋
而贾宝玉与薛宝钗又是金玉良缘　现世姻缘是贾宝玉的现世之情
他生而口衔灵通宝玉　莫失莫忘仙寿恒昌

与薛宝钗所佩带的项玉　　不离不弃芳龄永继相对应

《红楼梦》把人间的爱情演绎　　剖析得淋漓尽致　　刻骨铭心——

以至一部《红楼梦》留给了世人委之于至今"红学"之研究

留给世人多少扑朔迷离风月情场　　经邦济世之道

纵观以上　　尽管地球上存在多姿多彩的文化和文明

但就起爱情这一点看　　人类的爱　　都是相同的

婚姻之爱　　人伦之爱　　亲情之爱　　父母之爱

爱　　无民族差别　　没有贫富贵贱　　没有国家界限

我们中国人说　　仁者爱人　　厚德载物　　大爱无疆啊——

爱　　是同样的心灵感应共同的人类精神财富

只有爱是人类共同的语言　　沟通的桥梁和纽带

爱是宽广的博大的永恒的　　已超越了时间　　时空的界限

除此之外　　你们说说如果银河系星云团再美

没有爱　　宇宙的意义在何处——

京剧　　中国的戏剧艺术国粹　　让我们分享穿越时空的爱情经典

那如痴如醉的《大唐贵妃——梨花颂》吧——

(点击一下笔记本电脑,舞台背景京剧杨贵妃演唱情景)

梨花开　春带雨

梨花落　春入泥

此生只为一人去

道他君王情也痴　情也痴

天生丽质难自弃

天生丽质难自弃

长恨一曲千古迷

长恨一曲千古思

15.

我们几位科学家虽然对天体运行　　物理数学教学有一点研究

确实对你们中国的天文历史　　文化思想知之甚少

今日大家相互交流确实受益匪浅——

过谦过谦　其实我知道的也仅仅是靠科学家的书籍和天文图片啊
现在手机电脑科学技术太先进　百度上搜搜　这些都有
你们看现在手机多方便　随时随地都能上网浏览　信息迅速快捷
你们问我的手机是哪国产的
中国　中国的华为手机　我使用多年
人机对话特别好使　升级换代快　智能提升　功能强大
现在人们生活　工作　商贸　交流　已经无法离开手机
我也是闲暇之余借助手机翻阅翻阅各类天文地理信息啊
你们瞧　登网查询世界及中国登月简史　就能马上找到
1969 年 7 月 21 日　美国的"阿波罗 11 号"宇宙飞船
载着三名宇航员成功登上月球　美国宇航员尼尔·阿姆斯特朗
在踏上月球表面这一历史时刻时
曾道出了一句被后人奉为经典的话——
这只是我一个人的一小步　但却是整个人类的一大步
当今中国航天科技发展是很快
你们看——

(点击一下笔记本电脑，舞台背景音乐和天文图画)
第一个想到利用火箭飞天的人——明朝的士大夫万户
14 世纪末期他把 47 个自制的火箭绑在椅子上
自己坐在椅子上　双手举着大风筝
他最先开始设想利用火箭的推力　飞上天空
然后利用风筝平稳着陆　不幸火箭爆炸
自己也为此献出了生命　却鼓舞和震撼了无数的后人
1970 年中国第一颗人造卫星"东方红 1 号"成功升空
直到 2003 年 10 月 15 日中国神舟五号载人飞船升空
2005 年 10 月 12 日神舟六号搭载两名航天员升空
2008 年 9 月 25 日 21 点神舟七号搭载三名航天员升空
2007 年 10 月 24 日随着嫦娥一号成功奔月
2007 年 10 月 24 日嫦娥一号由长征三号甲运载火箭架点火成功发射
此后　神舟九号与天宫一号相继发射　并成功对接
2010 年 10 月 1 日 18 时嫦娥一号卫星的姐妹星嫦娥二号发射升空

2016 年 9 月 15 日天宫二号空间实验室发射成功——

2018 年 12 月 8 日 2 时 23 分嫦娥四号成功发射飞行

2019 年 1 月 3 号 10 时 26 分嫦娥四号探测器"玉兔二号"

在月球背面首次成功着陆

这是中国探月事业的"一大步"

也是人类历史上首次在月球背面软着陆和勘测

说起中国"天眼 FAST"你们都不陌生吧

(背景图上显示出中国天眼的图画)

由我国天文学家南仁东于 1994 年提出构想　历时 22 年

在贵州省平塘县喀斯特洼坑中　于 2016 年 9 月 25 日落成启用

2018 年 3 月截止　"中国天眼"(FAST)共发现 51 颗脉冲星候选体

其中有 11 颗已被确认为新脉冲星　毕竟宇宙到底有多大

这是人类秉承探索发现的天性不断追寻的方向

哈勃望远镜看到银河之外　星空不断远去或者正在驶来

呀　我看那五彩斑斓的宇宙图像太神奇啦

我们的太阳系正在太阳刚刚形成时深入一个巨大的星云峡谷

它们的能量产生惊人的大风　猛烈地吹着这些小恒星

宇宙深处有一座巨大的云母状的星海窝

从这里育婴室般不断产生一个个新的太阳系星云

从中不断生产出新的恒星　恒星的周围逐渐又形成行星

行星又产生出围绕她的卫星　太震撼人的视觉和知觉

我不知道　"天眼"与哈勃望远镜的功用有何不同

两者区别比较　一个是射电望远镜　一个是光学望远镜

天眼是世界最大单口径最灵敏的射电望远镜

它是通过接受电磁波信号来分析宇宙的状态的

可以轻易接受到 137 亿光年范围的信号

天眼第一年就找到 50~80 颗银河系外的脉冲星

还可能观察到早期宇宙的蛛丝马迹

掌握星系之间互动的细节　揭秘宇宙的起源和演化

而哈勃　主要是给我们带来宇宙深处的光学影像

也就是直接拍照给我们看　很直观

那现在我们在网上看到的大多数宇宙的奇观都是哈勃给我们拍摄的

OK　OK　它最大的优势不但在地球表面观察天象

而且可以把它运载在航天卫星在太空中摄影

不会受到地球大气层的干扰　看得自然更清晰

2004 年　哈勃望远镜观测到两个黑洞发生碰撞的情景

同时哈勃望远镜的观测结果证实了爱因斯坦博士您的观点正确性

2010 年天文学家通过哈勃望远镜发现太空"侏罗纪远古星系"

近几年世界科学技术日新月异　中国更是不甘落后　除天眼之外

2017 年中国科学家们在多国宣布引力波消息

令世界天文为之一振　成功探测到第一例双中子星引力波事件

运用南极巡天望远镜 AST3–2

空间 X 射线天文卫星慧眼望远镜在内的多台设备

参与观测引力波事件　我国科研人员还借助引力波光谱

解开了宇宙中金、银等超铁元素的产生之谜

双中子星并合过程既能产生引力波，又能产生电磁波

剧烈活动引起的时空扰动

好比在浩渺的宇宙中央投下一颗石子　历经 10 多亿年漫漫星系之旅

时空的涟漪最终与地球邂逅 1 秒　从 1916 年爱因斯坦的预言

到 2016 年 2 月首次确定探测到引力波信号

人类为了这最后 1 秒的相遇　苦苦探寻百年——

16.

人是怎么进化而来的　植物比人类早诞生几十亿年

植物的存在肯定有它与人类密不可分的渊源

认识宇宙重要　但认识人自身更重要

中医你们知道吗　望闻问切深着呐　二千多年经久不衰

植物是对人体生命是有用的　与人体金木水火土相对应

华佗　扁鹊　李时珍家喻户晓　世人皆知

就当代屠呦呦治疟疾成效显著并获得了诺贝尔医学奖

——中医与宇宙科学有密切关联啊

我觉得中药理论　应该符合基本粒子和量子纠缠理论

中药的核心价值观是植物元素与人体元素的对应

在西医没有研究出红细胞白细胞血小板之类时

中国的中医家们就知道人体的阴虚还是阳虚症状

人体脾胃肝心肾　金木水火土　相辅相成　相互对应

水火相济　心肾相交　奇经八脉　丹田周天　七星转紫微

炼精化气　炼气化神　炼神还虚　这些都是人体科学的验证

人的生命就在于呼吸之间的气息　先天之真气　后天之谷气

呼吸也称作一息　一息千古　千古一息

说明了时间的概念包含了瞬息与永恒的辩证

华佗可以打开脑颅刮骨疗伤　李时珍对症下药起死回生

都在运用人体的结构和经络以及气血

其实细胞　阴阳　气血　经络　细胞　都存在于人体之内部

心脏是咋样开始跳跃的　心率脉搏和宇宙的脉冲波是否有关联

中国的太极拳　知道吧　中国人讲医易武术不分家

太极拳就这个道理　就这个动作　调动全身的气血在运行

（须史比划了一下太极拳的基本动作　而后点击一下笔记本电脑，舞台背景古
典音乐配太极拳情景）

你们看看这是陈式太极拳　这是杨式　还有武当太极拳

不管哪种拳谱　都是同源同根　就好比人类都出一源

万变不离其宗　就是运用人体的经络和先天之真气

运用呼吸两口气　上中下三个丹田和缠丝劲

丹田好比是宇宙的中心磁场能量

缠丝好比是隐藏在体内的银河星系运行轨道

有无数个圆形椭圆形橄榄形飞碟形都有

一动而无不动　一静白骸相随　二两拨千金发挥出拳击能量

太极拳理是养生之宝鉴啊　现在不但国人喜欢练习太极拳

就连外国朋友也纷纷不远万里来中国学习

主要原因　太极拳应征了人体生命科学和健身养生需求

无论中国人　外国人生命体征和人体结构一模一样
都是地球村人　空气　水　粮食　生存空间条件都是一样
按照地球演变和进化规律　只要人类存在　地球肯定存在
地球存在　人类不一定存在
假如地球不存在了　人类到哪儿去——
你们说空间　四维度的空间　上面的点就是事件
我不知道发生事件的概率多大
比如我们今天在太阳系　明天哪个维度又听谁吟歌地球——
按照达先生　生物进化从简单到复杂　从低级到高级的发展
生物的变异　适者生存　故有了将生存的斗争进行到底
自古以来　今天这爆发战争　明天那儿又起战火
贪婪　欲望　无道充斥整个人类历史
侵略　蹂躏　践踏成为有些国家的专利品和独裁权
人是低级生物还是高级　那这种变异和从低到高的演化
我一个凡人　不知道的事情多着呢　正如庄子说
海里的鱼子问鱼母　大海在在哪儿
天空中的鸟儿问大鹏空气是什么
人类用宇宙的观点看待自身　对地球和人类本身极为有利啊
和平共处　和谐友善　和睦相处是人类共同的梦想——
你们研究天体的专家最不希望物体运行违背规则
地球上负能量　会不会波及宇宙磁场的紊乱
就连一只小鸟撞飞机上也隐藏风险
不要说哪个小星星撞在月球或者地球上
或许生物演进化在某个区间是对的　那两头怎么回事
单细胞　无机物从何而来　凭空产生了吗　是不是无中生有
基因　变异　巨龟灭种　恐龙消绝　已经证实
物种有个演化的条件　功能和程序已经在它体内了吧
面对人类对浩瀚的宇宙世界和自身的认识
茫然犹如置身其间的一个孩童
我在七十年代　听说当时世界上的原子弹可以把地球毁灭七次

不知道是真是假　近几十年不知道制造的毁灭性武器增加多少倍啊
如果真的是这样——岂不是 The world will eventually destroy
人类自己先把自己世界毁灭了——

17.

这世界怎么啦　地球怎么了　世界发展的终极目标在哪儿
天下熙熙皆往利来　天下攘攘皆为利往
难道这就是我们这个地球的终极目标吗——
如今的地球　世界二战已结束了
和平与发展　是目前世界的主旋律
但战事仍旧不断　危机此起彼伏　侵略和霸权充斥我们的眼睛
多重标准　双重潜规则盛行泛滥　经济制裁　贸易战争粉墨登场
儿童时期看的卓别林电影《摩登时代》《未来世界》时感到离自己很远
那些把人变成机器的场景很恐惧　如今世界已经变化很大
人人直呼时间不够用　时间真的缩短了吗　时间去哪儿了
曾听老人们讲　现在时间缩短的原因是　从前慢
从前牛拉车慢时间走的慢　水打磨轮人推磨盘慢
现在有电了　各种机器轮车轮转的快
信息跑得快　把时间赶急了——
真的你们别笑　老人们就是这样说的　我亲耳听的
拜读了你们几位的书籍　联想　这是不是电磁场的缘故
以及黑洞理论　引力波　使时空间弯曲　时光缩短
万事万物进化得更快了　还是人类自己把自己逼急了
一只鸡三个月就上餐桌　鸡蛋一天连着下　一只鸡长着七八个翅膀
我们尊重科学　人类需要科学和进步　但不需要倒退和自毁
世界人口持续增加　有的国家和地区
人民还生活在战乱贫穷痛苦之中
无论汲取黑格尔哲学思想合理内核　还是费尔巴哈思想精髓
真理总是按照真理的方式向前探索和寻求
一部皇皇巨著《资本论》　马克思把资本主义剖析得稀巴烂

"资本来到这个世间　从头到脚　每一个毛孔都滴着血和肮脏的东西"
资本主义的原始积累过程就是征服　奴役　掠夺　杀戮过程
你们都知道"羊吃人"圈地运动　对劳动人民大肆搜括
对殖民地的血腥掠夺
你们都懂得"八国联军"是怎样烧杀掠夺中国人民和世界人民的
资本家剥削的秘密到底是啥　剩余价值"M—M"隐秘的什么
绝对劳动时间和相对劳动时间　是不是也是相对论式
都知道价值规律　价格围绕价值上下波动
物价指数和房地产价格相辅相成
如果市场无形之手操纵天下经济　难道就可以翻手为云覆手为雨
经济发展的规则也有加速度和引力拉动作用吗
记得上学老师讲需求等于供给　货币流通量等于商品数量乘价格
信贷税收财政政策杠杆作用　不知道怎样发挥出其最佳的作用
无论经济拉动型通货膨胀还是马拉式膨胀
《国富论》　费尔德曼通货膨胀理论　凯恩斯主义到底能行多远
债券　股票　基金铺天盖地　黄金原油价格像个孪生兄弟——
常道就犹如你们发现的定律和公式一样永恒
真理如哥德巴赫猜想 1+1=2 一样颠覆不变
正如太阳照在地球表面对万事万物一样公平公正
不会因为你的皮肤你的国家民族不同而太阳不公运行
大道至简　大公无私　天地万物的规则不以人的意志为转移
宇宙就是宇宙　不管地球人制造什么事　宇宙都在那里旋转运行
再生或者毁灭　人类的命运是共同面对和迎接的课题
比如在我们谈话的过程中　时间就这样悄悄溜走了
这时或许阿拉斯加岛上的火山岛正在下沉或爆发
海面上留下环形珊瑚礁　火山灰和岩浆以及其他种种迹象
两栖动物　蜜蜂筑巢　蜥蜴再生　伪装的海底鱼附着在植物上
种类繁多的热带鱼游弋在温暖的海湾　事物和生物分分秒秒演变
而人类对浩瀚的宇宙世界的认知　或许犹如置身其间的一个孩童
时光永不妥协地延伸　流逝　奔跑

呵呵　你们听　好似二千年前的孔老夫子还在银河边逍遥吟唱——
逝者如斯夫　不舍昼夜

18.
我们是什么　未来是什么
关心珍惜水资源　珍爱粮食和地球人类命运　何堪忧
或许人类最后一滴水是自己的眼泪
或许人类最后一粒粮食是自己的牙齿
我们应该研究些什么呢——
科学应该是推动经济发展　世界和平安宁的原动力和助推器
比如研究人类健康疾病　人类与自然和谐相处　地球永恒
乃至癌症　糖尿病　类风湿　心脏病　白血病　瘟疫等等病痛
我想能否吃个药再生一个胆囊　如你们再造一个头脑或者心脏
科学研究应该给人类多造福　多给世界带来福音啊——
人类已经克隆羊　克隆马猴——不知道未来还克隆出什么
可还是脱离不了细胞　DNA　血液这些基础原造上进行复造　再造
对对对　现在世界信息是迅速　科技是发达
据说机器人已成热门产业
机器智能人再完美　也无法与原造的人类在情感　智慧上的媲美
你们能否发明一种仪器把人装进去过滤一次
各样的疑难杂症都检查出来　减少医治时间和费用
据说 3D 打印机能够打印出耳朵　心脏　不知道能否推广使用
5G 时代能否把人也空中传输　减少交通事故和城市拥挤
航天飞机能否把地球人移民到另外星球　让人类继续繁衍生息
在宇宙开辟新的家园和新的世界——
宇航员从天空看地球这这颗蔚蓝色的家园常常感激流涕
能看到地球最醒目的标志　有长城　金字塔
还有黄河长江　幼发拉底河……
宇航员们最大的共同感受　地球是我们赖以生存的家园啊
我们要热爱她　共同维护她　像对母亲的爱戴那样要保护她

地球　地球我们人类唯一共同的家园　多么美好啊

空气　海洋　鲜花　爱情　沙滩　仙人掌　还有一位老船长——

让我们共唱　人类万岁　人类永恒　宇宙万岁　宇宙永恒

(几位科学家激动而起跳舞　推着轮椅转　霍金奇迹般拍手唱歌,音乐响起《魂断蓝桥》主题曲——

《友谊地久天长》背景图以各国宇航员登月及宇宙图像)

怎能忘记旧日朋友/心中能不怀想/旧日朋友岂能相忘/友谊地久天长/

我们曾经终日游荡/在故乡的青山上/我们也曾历尽苦辛/到处奔波流浪/

友谊万岁/友谊万岁/举杯痛饮/同声歌颂友谊地久天长

我们也曾终日逍遥/荡桨在碧波上/但如今劳燕分飞/远隔大海重洋

我们往日情意相投/让我们紧握手/我们举杯畅饮/友谊地久天长

友谊万岁/友谊万岁/举杯痛饮/同声歌颂友谊地久天长

(随音乐　灯光渐渐暗去以至全黑　三十秒]

[三十秒后　灯光渐渐由暗到亮,午后黄昏

19.

门铃响了　邻居小孩摁庭院门铃

半晌　须臾在藤椅上醒来　赶紧开门——

小孩满眼泪星花　撅着委屈的小嘴

一手在腰前挽着小盆　一手揉着眼睛

须臾一手拉起他的小手　一手轻抚他的头　怎么啦　小明不高兴

伯伯　我爸爸说我贪玩没有做完作业　刚才他打我了

小明懂事　小明不哭

爸爸他打你是不对　可你也不能忘记作业对吧

对不起　我爸爸让我做完作业才送盆子　伯伯学习有啥用啊

哦　学习用处多着呢　你长大就明白了　比如这棵杏树

(须臾一手拉着小明　一手指着杏树走)

你看　正因为树叶和根根拼命学习　经过冬天的严寒

他们把知识储存在树枝里边　等到春暖花开

结出硕果累累　供天下人们享用甜美的果实

这个时候你们说大树高兴吗幸福吗　是不是啊——

这树啊有千万种长法　最好的树它根根深扎在泥土里

不怕风吹雨打　不畏困难险阻　心里装的是坚定的信念

扎根大地　心向蓝天苍穹　这样的树根深叶茂

叶子连着碧天白云　志存高远　树顶向天穹展开翅膀

结出又大又甜美的果实报答泥土雨露的滋润——

噢　我明白了　我也要像树一样好好学习

长大了像树一样结出好多的果子

小明真聪明——

须伯伯　我爷爷说　您家的杏子真香甜

谢谢伯伯　也谢谢您家大杏子树——

哦　有树就有你年年吃的杏哎

伯伯也谢谢你经常帮我搬书　送邮件

你真是个好孩子——有空常来伯伯家玩啊

送走小孩关门　回顾刚才儿把藤椅和围着的茶几

刚才的场景和人物哪儿去了呢

原来自己刚才翻阅新书　不觉在藤椅上入睡　做了一场荒诞的梦啊

犹如周庄梦蝶　不知道蝶还是自己

仿佛听到周庄蝴蝶在飞舞中吟唱——

方知其梦　不知其梦也　梦亦是觉　觉亦如梦

梦中复梦　彼我言说　皆在梦中

只见夜幕降临庭院清净　参天树篷　绿荫萌萌　月出东方

夜色缥缈　仰望星空　宇宙浩瀚无垠　有曲自吟——

忽魂悸以魄动　恍惊起而长嗟　惟觉时之枕席　失向来之烟霞

忽又听到邻家院落一个女孩子正在朗诵朱自清的《匆匆》——

燕子去了，有再来的时候;杨柳枯了，有再青的时候;桃花谢了，有再开的时候。

但是,聪明的,你告诉我,我们的日子为什么一去不复返呢——

去的尽管去了,来的尽管来着

在逃去如飞的日子里,在千门万户的世界里的我能做些什么呢

只有徘徊罢了,只有匆匆罢了——

我留着些什么痕迹呢　我何曾留着像游丝样的痕迹呢
我赤裸裸来到这世界,转眼间也将赤裸裸的回去罢
但不能平的,为什么偏要白白走这一遭啊
你聪明的,告诉我,我们的日子为什么一去不复返呢——

(灯光渐渐暗去,夜幕下的剪影,繁星闪烁,银河旋转,西边挂着一镰弯弯月牙
杏子树下,一男子徘徊的侧影——)

【剧终】

附录：

伍德创作小记

【创作作品集】

1.《彷徨集》《新月集》《一半集》(诗集/手抄本　1983—1986 年)

2.《诗人日记》(诗集　刻印版　1992 年)

3.《心境花园》(诗集　西部作家丛书　甘肃少数民族优秀作品奖　2004 年)

4.《人间诗话》(诗集　敦煌文艺出版社　2020 年)

【写作入籍】

1.《临潭县志》

2.《洮州史话》

3.《甘南诗歌十二人》(甘南州诗歌协会　1997 年)

4.《中国当代青年散文诗选》(新疆人民出版社　1998 年)

5.《临夏散文选》《临夏诗歌选》(甘肃文化出版社　2008、2009 年)

6.《洮州记忆》(散文集)

7.《中国回族文学通史(当代卷)》

(国家"十二五"重点出版物出版规划项目图书　黄河出版传媒集团阳光出版社　2015 年)

8.《中国当代诗歌典籍》(2018 年)

9.《温度诗刊》(2017—2018 年)

10.《飘过记忆的云烟》(散文集　中国出版集团中译出版社　2016 年)

11.《中国百年诗歌精选》(2019 团结出版社)

12. 2019 年入选"中国文化人才库"(中国文化遗产保护研究院文学书画艺术院颁发)

13.《洮州温度——临潭文学 70 年》(作家出版社　2019 年)

【小说散文】

1.《洮水流珠》(中篇小说 1997 年《甘肃民族文学》)

2.《铜灯盏》(散文 《当代临夏散文选》)

3.《漓水歌谣》(散文 2015 年"魅力临夏·良恒杯"全国散文诗歌大奖赛二等奖)

4.《冬虫夏草》(中篇小说 2019 年《洮州温度》 作家出版社)

5.《八坊印记》(散文 2018 年 齐家文化全国网络征文优秀奖)

【其他作品】

《商业银行市场营销管理理论与实务》(经济金融 甘肃人民出版社 1999 年)

【图书珍藏】

北京大学、清华大学、北京师范大学、兰州大学、西北师范大学、西北民族大学等院校图书馆、内蒙古师范大学中国少数民族作家研究中心等

责成的笔

少年时曾经做过一个梦——幽蓝的天空下,一个男孩在田野上追逐一群白天鹅,它们逐渐飞向天空,可他依旧举着胳膊在奔跑、攀缘,直到白天鹅已经飞高飞远的时候,从空中飞落下一枝羽毛,当他抓到手时,原来那是一支笔!

笔是什么?中国人使用笔很早,古人的甲骨文是刻画在甲骨和龟背上的,后期的木简竹札、青铜瓦当上的字是刻上去的,既然是刻,笔当然是利器,也难为古人,写字作文,就得千锤百炼,惜字如金,言简意赅,写录了煌煌几千年中华文明。外国人啥时候开始使用笔,我没有研究,但印象中树枝、竹签、羽毛等等都做过笔,由此铭记了人类社会物质与精神的发源史、演变史。

自己从小对笔,常怀敬畏之心!因为有了笔就有了人类文明,有了历史和文学,更是因为笔负担着铭记真理的神圣天职。贤者云,大笔未动,墨池已干,命份已尽,我一直未解其意!面对笔墨,面对空白的纸,总感到责任的重大和神圣,写什么,怎么写,表达什么,传述什么,深感一种天然的负疚感。

只缘性情,错爱文字——文学是人学,诗歌是文学之精粹,诗歌一旦脱离了社会和生活,也就失去了文学最初的意义和责任。

古人讲"文以载道""诗以言志,歌以咏情"。我崇尚诗歌精神的本质,诗歌具有语言的张力和精神的修持,从多年沉淀的蕴意中求索,赞美人生和生命精神的高贵与品质,弘扬真善美的人间大爱——以尽笔责。故,做人比作文更重要,在于精神的淬炼和品质的修为!

"天若有情天亦老,人间正道是沧桑。"任何事物都有一个实践、辨识、认知的过程,文学更要从历史的角度和空间去看待、去品味、去哲思,诗人和诗歌更是这样,因为诗歌饱含了一切时光和文字的过滤和积淀。故,我的每首诗都有它特定的年代和背景,注有诗产生的年代。没有注明日期的诗作,大多是近年代的作品。

《人间诗话——伍德诗选》时间跨度将近四十年,书稿也整理了十余载。工作之余,经过无数个日日夜夜修润、核稿,总算得以付梓——文学是崇高的事业,作品需要不断淬炼和升华,还望读者不吝赐教!

甘肃省作家协会原主席马步升先生、甘肃省作家协会主席叶舟先生对我的文学创作给予了高度关注并题词鼓励。北京宋庄书画院院长海洪涛先生书写了书名匾额;青年诗人、作家、艺术家李川李不川赐授了其钢笔画作品装配诗插图;甘肃省政府文史研究馆研究员焦玉洁先生、甘肃省书法协会会员王文煜发来摘抄《人间诗话——伍德诗选》诗句的书法作品表示祝贺该书出版;诗人、画家陈桂林先生在出版过程中给予了很大帮助……在此对他们以及对我的诗作进行点评的各位先辈、文友、读者、亲人一并致以诚挚拜谢!

感赞生命,感激生活,感恩时代!

伍　德

2020 年 6 月于河州八坊大旮巷